火焰の啖呵

北町影同心 9

沖田正午

時代小説

二見時代小説文庫

目次

火焔の啖呵《たんか》——北町影同心9

火焔の啖呵《たんか》――北町影同心9・主な登場人物

音乃《おとの》……北町奉行所同心巽真之介《たつみしんのすけ》の未亡人。義父と共に影同心として事件に挑む。

巽丈一郎《たつみじょういちろう》……北町定町廻り同心として「鬼同心」の異名をとっていた。真之介の父。音乃の義父。

源三《げんぞう》……丈一郎配下の目明だった男。十手返上後も巽家のために働いてくれる船頭。

肱川豊後守輝盛《ひじかわぶんごのかみてるもり》……満濃山藩《みのやまはん》九代目藩主。藩の財政危機に直面し……。

村井聡吉《むらいそうきち》……肱川家勘定奉行。

大高屋五郎左衛門《おおたかやごろうざえもん》……肱川家出入りの両替商の主。

権六《ごんろく》……源三が船頭として働いている船宿『舟玄《ふなげん》』の亭主。

お登勢《とせ》……権六の女房。以前は女だてらに船頭をしていた気風《きっぷ》の良い江戸女。

榊原主計頭忠之《さかきばらかずえのかみただゆき》……北町奉行。音乃と丈一郎を直轄の影同心とし、密命を下す。

長八《ちょうはち》……元は真之介配下。その後は高井《たかい》という同心の手先となって働く岡っ引き。

熊次郎《くまじろう》……舟玄に雇われて半年程の船頭。屋形船を操る腕を持つが……。

梶村《かじむら》……北町奉行所筆頭与力。奉行と音乃、丈一郎のつなぎとなる。

庄衛門《しょうえもん》……大高屋の番頭。

唐八郎三衛門《とうはちろうざえもん》……平野屋《ひらのや》の主。名を詰めて唐八郎が通り名となっている。

水野忠成《みずのただあきら》……将軍家斉《いえなり》から政《まつりごと》を任された、老中首座。

第一章　屋形船の怪

一

江戸からほど遠い、四国は阿波《あわ》と国境《くにざかい》を接する讃岐《さぬき》に、満濃山藩《みのやまはん》という石高一万の極めて小さな藩領がある。

領地を治めるのは、古来土地の豪族から大名となった肱川家《ひじかわけ》である。

肱川家初代藩主の厚盛《あつもり》はその昔、かの関ヶ原《せきがはら》の戦いの折に豊臣《とよとみ》方から徳川《とくがわ》方へと寝返り、その恩賞から改易《かいえき》を逃れ、外様《とざま》大名として領地を与えられたという家暦があった。

江戸に幕府が置かれ統治されてからおよそ二百年、慢性の財源不足ながらも、なんとかつつがなく凌《しの》ぎきってきたのだが――。

今の藩主は、肱川豊後守《ぶんごのかみ》輝盛《てるもり》である。九代目藩主で、御齢三十五歳になる働き盛りであるも、いまだ正室がなく独り身である。

国元である満濃山は、四方が山に囲まれ、領地は広いが土地は瘦せてこれといった産物は何もない。しいていえば、樹木を伐採して作る炭焼きが、唯一の産業か。火の熾《おこ》りがよく、全国に満濃山炭として評判を取るものの、いかんせん地場産業がそれだけでは財政が心もとないのもうなずける。

「――金がない、なんとかせい」

それが、輝盛の口癖であった。そのため家臣たちからは『なんとかせい大名』などと、陰口を叩かれている。

肱川家の江戸藩邸は、芝愛宕下《しばあたごした》の薬師小路《やくしこうじ》を少し入ったところにある。左右両隣はいずれも三十万石以上の譜代《ふだい》大名家で、八千坪の敷地に豪華絢爛《けんらん》とした屋敷に挟まれた肱川家の見栄えは、それは貧相漂うものであった。敷地も二千坪しかなく、肩身が狭いとはこのことか。

財政乏しく修繕が適《かな》わぬか、屋敷を囲む長屋塀《ながやべい》が朽ち果ててきている。土台となる海鼠塀《なまこべい》は、その斜交《はすか》い模様も原形が分からぬほど崩れかけていた。

およそ一年半前のこと――。

そんな満濃山藩肱川家に、荒川修繕御手伝普請《あらかわしゅうぜんおてつだいぶしん》三万両の供出が幕府から命ぜられたから堪《たま》らない。なんとかせいでは済まされぬほど、肱川輝盛以下重鎮一同頭を抱えた。

「――殿、いかがなされますするか？　これは由々《ゆゆ》しき事態で……」

こめかみに青筋を浮かして、江戸家老安岡治衛門《がろうやすおかじえもん》が輝盛に詰め寄る。

御手伝金三万両の供出だけではない。十日後には、輝盛の国帰りが控えている。参勤での江戸出仕から一年が経ち、国元に帰還する交代時期が迫っていた。

「由々しき事態どころではないぞ、安岡。これでわが藩は、破綻《はたん》間違いなしである」

何故に、これほどの小藩にそれほど多大な賦課を被《かぶ》せるのか想像もつかない。

「藩邸の有り様を見ても、貧乏藩だと幕府は分かっていようにの」

自虐と憤りのため息を吐《つ》きながら、輝盛が口にしたそこに、

「殿、国帰りの道中資金が足りませせぬぞ」

傷口に塩を塗るかのように、肱川家勘定奉行《かんじょうぶぎょう》の村井聡吉《むらいそうきち》が口にする。

参勤交代にかかる費用は、それだけでも財政を逼迫《ひっぱく》させるのが現状だ。一年ごとの国元と江戸の往復は、どこの藩も財政の悩みとして纏《まと》わりつく要因であった。国元が

四国の讃岐とあらば、江戸からの道中費用も莫大なものとなる。

「いかほど足りんのだ?」

「千両がほど……」

「千両だと! かなりの大金であるな」

目先の千両さえも、都合がつかない現状である。三万両の供出など途方もない、無限の彼方《かなた》である。

肱川家にとって幸いなのは、三万両の供出は今すぐではなく一年ほどの猶予があることだ。無理難題とはいえ、それでも幕府にはなんとか形となるものを見せなくてはならない。しかし、間もなく藩主は江戸からいなくなる。

「余がいなくとも、御手伝金の三万両はおぬしたちでなんとかせい」

藩主輝盛から、口癖が出た。しかし、目の前に並ぶ江戸家老、江戸留守居役《るすいやく》、大目付《おおめつけ》、勘定奉行たち重鎮の返事がない。

「いかがした? なんとかせいと申しておるのに……」

かしこまりましたと頭が下がらない重鎮たちに、輝盛の首が傾く。

「殿がなんとかせいと仰《おお》せられても、とてもなんとかなるものではございませぬ」

家臣たちは最初から、あきらめの境地であった。

「なんとか、当座の千両は当家出入りの両替商『大高屋《おおたかや》』でもって、都合をつけるとしまして……」

江戸留守居役の島田庄之進《しまだしようのしん》が、困惑した顔で口にしたそこに、

「とんでもない、島田様」

勘定奉行の村井聡吉が、島田に横槍を入れた。

「大高屋からは、これまで借りた額が都合一万両を越えておりまするぞ。あらたに貸し出すには、少なくとも半分は返却をしていただきませんと、と先だって千両の無心をしたとき、主の五郎左衛門《ごろうざえもん》がそう申しておりました」

「何を偉そうに言いくさりおって、大高屋のやつ。勘定奉行のおぬしが、大人しい面をしてるから、町人の分際でつけ上がるのだ」

島田の顔が、横に座る村井に向いた。憤りのこもる語調に、唾《つば》の飛沫《しぶき》が村井の顔面に降り注ぐ。

「そうはおっしゃいますが……」

手巾《しゆきん》で顔を拭いながら、村井が言葉を返す。

「もう、千両すら調達できないのでござりまするぞ。なんでしたら、島田様が交渉に当たられたらよろしかろう」

「何を申すか、目下《めした》の分際で！」

留守居役の島田が、腰に差した脇差《わきざし》の柄《つか》をつかんだ。あと一言あれば、島田は脇差を抜くという、一触即発の状況となった。

「まあ、待て二人とも。身内同士でいざこざなど起こすでない」

留守居役と勘定奉行の言い争いを止めたのは、藩主の輝盛本人であった。

「両替商の大高屋と聞いて、余はよいことを思いついた」

輝盛の顔には、薄ら笑いさえ浮かんでいる。余裕の見えるその顔に、重鎮一同が、安堵と不安が混じる表情を向けた。

「よいことと申しますのは、いかがなことでござりましょうや？」

『なんとかせい大名』に、妙案が浮かんだようだ。江戸家老安岡治衛門が、身を乗り出すように問うた。

「みなの、その首の上についているのは唐茄子《とうなす》か？」

よほど自信がある妙案とばかり、家臣たちを詰《なじ》る。

「まあ、なんでもよいが、ちょっと耳を貸せ」

四人の重鎮に向けて、輝盛が手招きをした。

「もうちょっと、近こう。絶対に外に漏れてはまずいのでな、苦しゅうない車座になれ」

「はっ」

重鎮たちの返事が揃い、五人が円を作って固まり、頭をつき合わせた。

聴く耳を立てても、しばらく輝盛の口から言葉が出ない。

「それで殿、いかがなことで？」

安岡が、輝盛に言葉を促した。

「うむ、それでな……」

ためらいながらも語り出す。途中から口も滑らかになり、語りは四半刻《しはんとき》におよんだ。

その間重鎮一同、一言も声を発することなく背を丸めて話に聞き入った。

「……ということだ。どうだ、分かったか？」

輝盛の話が終わったときには、一同の背中の骨が曲がったままとなり、しばらくは背筋を伸ばすことができないほど固まっていた。

「それにしても、大変なことを思いつきましたな、殿……」

「妙案でござりまするが……」

重鎮それぞれ、同意をはばかるか首を傾げて即答を避けている。

「余の案に、不服か？」

「不服と申しますより、そんな大それたことができるかどうかを、まずは考える必要があろうかと」

家老安岡が、遠慮したもの言いで殿に諫言《かんげん》する。

「千両もままならぬというのに、何を考える必要がある。こうでもせんと、とても三万両など供出できんであろう。ほかによい案があったら、ほれ、今すぐにも出してみよ」

「…………」

「いかがした。余の案以上の策は出せんのか？」

輝盛にせっつかれても、すぐに妙案など浮かぶはずもない。重鎮一同言葉もなく、困惑した表情を浮かべるだけだ。しばらく沈黙が支配したところで、

「殿、よろしいでしょうか？」

家老の安岡の、口がついて出た。

「殿のお考えは、たしかに妙案と存じます。ですが、仕損じますとお家が吹っ飛ぶほどの危惧を伴いまするが……」

不安そうな表情を浮かべた、安岡の問いであった。

「何を申すか、安岡。何も策が出せず、手を拱《こまね》いていたって肱川家が吹っ飛ぶのは同

じことだ。こんな理不尽な賦課をかける幕府に、一泡《ひとあわ》吹かせてやろうってのが余の肚《はら》よ。こいつは、幕府と肱川の戦《いくさ》じゃ」

血気盛んなところを、輝盛が見せつける。

「ああ、江戸中を火の海にしてやる」

さらに、豪気を口にした。

「火の海とは、ご無体な」

啞然とした面持ちで、安岡が言葉を返す。

「実際に、火をつけるという意味ではないから案ずるでない。それほどの、意気込みってことだ」

「なるほど、ごもっともで」

安岡が、得心する顔を見せた。

「拙者が思いますところに……」

そこに勘定奉行の村井が、呟《つぶや》くような小声を発した。

「村井、申してみよ」

話を促したのは、安岡であった。

「さし当たっての千両は、どうしても入用でござりまする。今の殿の作り噺《ばなし》を大高屋に持ちかければ……」

「誰にも、絶対に作り噺なんぞと言ってはならんぞ」

家老の安岡が、半畳《はんじょう》を入れた。

「分かっておりまする、ご家老。とりあえず大高屋に持ちかけて、千両……いや、二千両を出させてみようかと存じまする」

「よし。さすがに勘定奉行であるな、余の策を理解したようだ。みなの者も、村井に倣《なら》えよ」

「はっ」

三人の頭は下がるも、村井の顔だけは輝盛に向いている。

「ですが殿。もしも、この話で大高屋五郎左衛門が乗ればよし、断られたとしましたら別の策を練られたほうがよろしいかと。まずは、そこでお試しをしてから……」

「村井の言うことは、もっともだ。だが、断られるなどと考えるでない。死ぬ気で通せ。さもないと、負け戦となって肱川家は断絶だぞ」

藩主輝盛の発破《はっぱ》は、四人の重鎮に響いたようだ。

「はっ」

重鎮一同の、同意の首が下がる。

「それで、大高屋が乗りましたらいかがなされましょうや？」

顔を戻して、安岡が問うた。

「余が国元に戻っている間に、おぬしたちの手腕に任せる。向こうに行っても、余は手を拱いているわけではない。この話は、国元でも動かなくてはならんからの」

「はっ。かしこまりましてござりまする」

得心したか、四人の声がピタリとそろった。

「よし。これから、細かい策を練るぞ」

五人の背中が丸くなって、再び頭が寄りあった。

二

月日が経ち、それからおよそ一年後の文政《ぶんせい》九年。

暦の季節は夏の盛りを告げる、六月の初旬。一日の中でも一番暑さを感じる、昼八ツ半ごろのこと。

霊巌島《れいがんじま》は川口町《かわぐちちょう》の巽《たつみ》家では、榑縁《くれえん》に腰を下ろした家人三人が仲睦まじく、この年初めての西瓜《すいか》を旨そうに食している姿があった。

西瓜は、家の前を流れる亀島川《かめしまがわ》に丸ごと浸けて冷やしておいた。

「今年の西瓜は、取りわけ甘く感じます」

巽家の義理の娘である音乃《おとの》が、真っ赤に熟《う》れた実に、塩をまぶしながら言った。

音乃の夫は北町奉行所同心として探索中、夜盗の凶刃に倒れすでに他界している巽真之介《しんのすけ》である。後家《ごけ》となった音乃だが、二年以上も巽家の嫁として居座っていた。

「ほう、音乃は去年の西瓜の味を覚えているのか？」

巽家の主である丈一郎《じょういちろう》が、西瓜の種を庭に向けて吹き飛ばしながら返した。

「音乃は、たしか去年も同じことを言ってましたね」

丈一郎の妻である律《りつ》が、言葉を載せた。

「旬《しゅん》のものは、なんでもおいしく感じるものですわ、お義母《かあ》さま」

「ほんと、音乃の言うとおり。今年の西瓜は、ああ、おいしい」

律が、西瓜を一口含み、口にしたところであった。

「ごめんくだせい……どなたも、いないんで？」

戸口のほうから、声がする。

「あら、あの声は……」

赤く染まった唇を手巾で拭い、音乃は立ち上がった。声の主は、巽家の一町先にある船宿『舟玄《ふながげん》』で船頭をしている源三《げんぞう》であった。

「源三の分は、なくなってしまったな」

食べ尽くした西瓜の皮を見やり、丈一郎が口にする。

「もう半分、ございますからご心配なされずに」

「そうか、だったらもってこい。おれももう少し食いたいものだ」

「あなた。いい加減にしませんと、お腹の中で西瓜の種が芽を出しますわよ」

律が鉄漿《おはぐろ》を袖で隠し、笑いを含めて言った。

三和土《たたき》に、しかめっ面をして源三が立っている。普段とは違う表情に、音乃の首が小さく傾《かし》いだ。

「あら源三さん。そんなにおっかない顔をして、どうなされました？」

元は北町奉行所の定町廻《じょうまちまわ》り同心であった巽丈一郎の手下《てか》で、凄腕の岡っ引きで鳴らした源三である。真っ黒に日焼けした鬼瓦のような四角い強面《こわもて》が、さらに凄みを増して強張《こわば》っている。黒の腹掛けの上に、舟玄の屋号が入った薄手の半纏《はんてん》を纏《まと》っているのは、仕事の途中とうかがえる。

「どうしたもこうしたも、ございませんや」

顔面に滴《したた》る汗を半纏の袖で拭いながら、源三が口にする。

「何か、大変なことがあったご様子。奥に、お義父《と》さまもおられます。どうぞ、上がって……西瓜も冷えてますから」

「西瓜なんぞ食ってる場合じゃ……いや、いただきましょ」

言って源三は雪駄《せった》を脱ぐと、勝手知ったる家とばかり音乃より先に奥間へと入っていった。

「どうした源三？　こんな時限に来るなんて珍しいな」

榑縁の板間に座る丈一郎が、振り向きざまに言った。

「いらっしゃい、源三さん。今、冷えた西瓜を……」

立ち上がりながら、律が言った。

「わたしもお手伝いします」

「音乃はいいから、源三さんのお話を聞いてさし上げなさい」

こんな律の心遣いを、音乃はいつも感謝している。

律が西瓜を切りに行って、場に三人が残る。

「源三、ここに来て座りな。仕事の合い間か？」

「ええ。ちょっと、手が空いたもんで……それじゃ、すいやせん」

榑縁に丈一郎と源三が、庭に顔を向けて座り、音乃は畳の上に控えている。

「向日葵《ひまわり》を愛《め》でながら、西瓜というのもおつなもんだぜ。やはり向日葵は、暑い日が似合うな」

現役のときは『鬼』とも謳《うた》われた、北町奉行所定町廻り同心であった丈一郎である。臨時廻り同心を経て隠居となったが、それまでの丈一郎は、風流の風の字も感じさせない、がさつさが先に立つ男であった。このごろは、暇さえあれば俳句を詠《よ》み、囲碁を嗜《たしな》む。

「ずいぶんと、お義父さまは風流人士になられましたこと」

硬い表情の源三を和《なご》ませようと、音乃は冗談めかして言った。手に団扇《うちわ》を持ち、二人に向けて風を送っている。

「そうだな、音乃。人間、落ち着きってものが肝心だと、このごろにしてようやく分かってきた。なんというか、心の広がりってものを感じる」

「そういえば旦那の顔も、ずいぶんと穏やかなもんとなりやしたねえ。一昔前までは、考えられなかった」

「そんなに人を、茶化《ちゃか》すんじゃねえや」

言いながら丈一郎の表情が、穏やかな風流人から鬼の形相へと一変する。言葉つきが変わったのは、源三の用件を聞くためであった。

「どうした、源三。それで、何かあったのか？」

丈一郎が話の先を変えると、音乃の団扇を扇《あお》ぐ手が止まった。一膝乗り出し、耳を傾ける。

「何かって言ったもんじゃねえんですがね、旦那……」

言い出し辛そうな源三の様子は、事件というより相談ごとかと、傍《かたわ》らに座った音乃は取った。

「女房のお昌《まさ》と、喧嘩でもしたか？」

源三の女房は、髪結《かみゆ》いである。稼ぎの少ない岡っ引きを、ずっと支えてきた女である。その意味では、丈一郎も間接ながら世話になっている。夫婦の一大事を見逃すわけにはいかないと、一肌脱ぐ気でいた。

「そんなことなら、おれが間に立ってやるぜ」

「旦那、夫婦喧嘩といってもあっしらじゃなくて……」

源三の言葉が、途中で止まった。先を言うのに、ためらいが見える。

「ならば、どこの夫婦だ？」

「へえ、実は……」

　またも源三の語りが詰まる。

「なんだ、源三。どうも、煮えきらねえ野郎だな。いつものおめえと、ちょっと違うぜ」

「へい、すいやせん」

「謝らなくていいから、何があったのか早く話してみろよ」

　西の空に、暗雲が立ち込めている。徐々に近づき、あと四半刻もすれば一雨きそうな空模様となっていた。

「早くしねえと、夕立が来るぜ」

　遠くから、雷鳴の轟《とどろ》きが聞こえてきた。

　二度目の雷鳴が引鉄《ひきがね》となって、ようやく源三の口がついた。

「あんまり、他人《よそ》さまの夫婦のことには、立ち入りたくはねえんですがね」

「まったくだ。源三が口にするんだから、よっぽどのことなんだろう。それで……？」

「それが、親方のことなんで」

「親方ってのは、権六《ごんろく》さんですか？」

「へえ……」

音乃が問うも、差し出がましいと源三の気持ちの中にまだ遠慮が残っているようだ。所詮は、他人の夫婦喧嘩である。だが、犬でも食わないような話を、単なる噂話として持ち込む源三ではない。

「それが……」

源三が、ためらいを捨て口にしようとしたそこに、

「西瓜が切れましたから、召し上がれ」

三角に切った西瓜を盆に載せ、律が入ってきた。話が途絶えたが、源三が気持ちを切り替えるのには、よい間合いとなった。西瓜が源三の口を流暢《りゅうちょう》にさせる。あっという間に一切れを食べ尽くし、語りはじめた。

「実は、きのうの朝のことなんですがね。権六親方とお登勢姐《とせねえ》さんの、あんな凄まじい喧嘩初めて見ましたぜ」

昔から世話になりっぱなしなので頭が上がらずに、一つ年下のお登勢を、源三は姐さんと呼んでいる。

「ほう、権六とお登勢がか。おしどり夫婦って、この界隈でも評判だがな」

「そうでやすよね、旦那。それが、何があったのか、姐さんが柳刃《やなぎば》包丁を振り回し

……」

「おいおい、穏やかじゃねえな。刃物なんぞ振り回すなんて」

「それで、権六さんにお怪我はなかったのですか？」

驚いた顔をして、律が問うた。

「ええ。幸い、どちらにも。親方も腕力は強いほうですが、ひっ叩《ぱた》くことなく自分で包丁を取り上げまして、その場は治まったんですが……」

源三が、そのときの様子を語った。

「ほっとしましたわ」

律が、安堵の表情を浮かべて言った。音乃は黙って、そのやり取りを聞いている。

権六の女房はお登勢といい、四十五歳になる男勝りの、ちゃきちゃきの江戸女である。元は、女だてらの船頭であった。気性は荒いが、根っ子は優しい女であることは、周囲のみんなが認めている。

そんなお登勢が、包丁を振り回すほど激怒していたという。誰しもが、信じられない話であった。

「そいつはただの夫婦喧嘩じゃねえな。何が、お登勢をそうさせたんだ？」

「そこなんですが、旦那。こんな親方夫婦の赤っ恥な話を、誰にも聞かせたくねえと思ったんですが、どうも合点《がてん》がいきやせんでね。親方が、のっぴきならねえ何か深い事情を抱えているようなんで……」

「深い事情とは？」

「そいつが分からねえんで。その前に、姐さんの怒ってる理由《わけ》なんでやすが、怒り口調の中に一言ありやして……」

「なんて言ってた？」

「三百両がどうのこうのと」

「三百両……ほかに、どんなことを？」

「姐さんは飛びっきり早口なんで、よく聞き取れませんで」

「それで、権六はなんと返していた？」

「それが、まったくのだんまりで。そんな態度に、余計お登勢姐さんは腹を立てたんでしょうねえ。ぶっ殺してやるなんて……あんなに怒ってるの初めて見やした。おっかねえのおっかなくねえの」

さすがの源三でも、その場では震え上がっていたそうだ。

「ほかの船頭はどうしてたい？」

「みんなはおっかながって、二階に引っ込んでやした。あっしだけですぜ、その場に居合わせたのは」

「どうして、源三さんはお登勢さんを止めなかったの？」

律の問いであった。

「親方が、あっしを見て首を振ってたもんで。仲に入るのを拒んでいたようでして、手が出せませんでした」

「そのあと、どうなった？」

丈一郎が、問いを振る。

「親方が包丁を取り上げたんですが、姐さんの怒りは治まらねえようで『――この、大馬鹿やろう！』って、一言捨て台詞《ぜりふ》を吐いて、家を飛び出していきやした。どこに行ったんですか、それから丸一日以上経っても帰ってきやせんで」

「舟玄で、そんなことがあったのか。ちっとも知らなかった」

「あっしが、若い衆《し》たちの口を止めてたんで。それと、夫婦喧嘩なんで人さまに聞かす話じゃねえでしょう。ですが、よくよく考えるとどうも気になってしょうがねえ」

それで巽家に話を持ち込んだと、源三は言った。

「それで、権六親方はなんと……？」

今までずっと話を聞いていた音乃が、初めて源三に問うた。

「あっしも訊いたんですが『――余計なことは訊くんじゃねえ』と、親方は語ってはくれやせん」

「権六も、男気で鳴らした丈夫《ますらお》だ。自分の口からは、何も語らんだろうよ」

丈一郎が、得心したようにうなずきを見せた。

三

北町奉行の榊原忠之《さかきばらただゆき》から『――江戸広しといえど、これほどの女はそうはおるまい』と絶賛されるほど、音乃には才覚が備わっている。

それに加えて、評判の美形ときている。才と美を兼ね備え、剣術や柔術の腕も立つことから北町奉行直々《じきじき》の影同心として、地獄の番人となった夫真之介の遺志を継《つ》いでいる。音乃が巽家を離れないのも、こんな理由が含まれていた。

音乃自ら『閻魔《えんま》の女房』と名乗ることもある。義父丈一郎と共に手腕を発揮し、これまで解決してきた難事件は、数多《あまた》あった。

源三の話を聞いていて、音乃の影同心としての勘が働いた。

「権六親方とお登勢さんの喧嘩の裏に、何か大事が隠されているようですわね」

「音乃もそう思うか。こいつはどうやら、単なる犬も食わねえ夫婦喧嘩じゃなさそうだな」

「旦那も、そう思いやすかい。そんなんで、あっしもどうしようかと迷いやしたが、話を聞いてもらった次第《しでぇ》で」

丸一日、語るかどうかを迷っていたと源三が話を添えた。

「どうだ、音乃。権六のため、一肌脱いでやるか？」

「権六親方のためというより、若い衆さんたちのためにも。お登勢さんがいないと、三度のご飯もままならないのでございましょ？」

一日三膳の、船頭たちの食事をお登勢は賄《まかな》っている。舟玄にとっては、一日でも欠かすことができない女将《おかみ》であった。

「ええ。腹を空かせたまま、舟を漕いでいやすぜ」

「なんとかしてやらんといかんな」

事件が起こるたびに、世話になっている舟玄である。丈一郎が一肌脱ごうと言ったのには、そんな思いも含んでいた。

「私が、お食事を作りましょうか？」

律が、賄いを買って出た。舟玄には、源三を含め六人の船頭がいる。そこに権六を加えると七人になる。

「そうだな。だが、うちのも含め十人分となると大変だぞ」

「わたしもおりますから」

「そう。音乃と二人で作りましたら、どうってことはありませんわよ。こんなときでないと、普段の恩返しは……」

「ちょっと待っておくんなせえ」

源三が、手を翳《かざ》して律の言葉を止めた。

「どうした源三。何か不服か？」

「とんでもねえ。そいつは涙が出るほどありがてえお心遣いですが……」

源三が、一呼吸おいた。そして、言葉をつづける。

「親方が、なんと思うか。あの性格じゃ、余計なことはしねえでくれと、拒むんじゃねえかと。それと、誰が家の恥を晒したって怒りやすぜ」

「それも、ありうるな」

丈一郎が、腕を組んで考えはじめた。

「かといって、若い衆たちを見殺しにはできんだろ。腹を空かしてちゃ、舟も漕げないだろうからな」

腕を組み、丈一郎が考える。

「でしたら、こうなされたらいかがかしら」

良案が浮かんだと、音乃が一膝乗り出した。

「みなさん、巽家《こちら》でお食事を摂《と》られたらいかがでしょ。それでしたら、わざわざ持ち運びをしないでも済みますし、権六親方に黙っていることもできますわ」

若い衆たちには、どこかで外食といった触れ込みにしておけばよいと、音乃は案をつけ加えた。

「それは良案。さすが、音乃だわ」

律が同意すれば、巽家の受け入れ態勢は整う。

「ですが、親方の分はどうなされます？」

「それでしたら、うちのお昌に作らせやしょう。髪結いがあるんで、大勢の分は作れやせんが、一人分でしたらなんとか」

律の問いに源三が返して、賄いのほうはなんとかなりそうだ。だが、肝心なことはどうしたらよいのか、いまだ案すら浮かんでいない。権六に訊くのが一番手っ取り早いのだが、おいそれとは話してくれそうもない。

「お登勢さんの実家って、たしか浅草《あさくさ》の花川戸《はなかわど》……」

「音乃さんは、よくご存じで」

「前に一度聞いたことがあります。そちらにある船宿のお嬢さんだったとか」

「とても、お嬢さんには見えやせんがね。とんでもねえじゃじゃ馬で、子供のころから舟を漕いでいたらしいですぜ」

「ご実家に戻っているのでは？」

「いや。姐さんの実家はもうございやせん。およそ二十年前のこと、十人の客を乗せた屋形船が転覆しちまいやして、その責任で店を畳んだんでやさあ。それからというもの一家はてんでんばらばら。親兄弟の行方は知れずじまいで」

「そうでしたか。そこまでは、知りませんでした」

しんみりとした口調で、音乃は返した。ゆえに、源三でもお登勢の行く先は分からないという。

「あの調子で出ていったんでは、当分は戻ってきそうもありやせんねえ」

「やはり、ここは権六に聞くよりないか」

しかし、三百両という大金が絡む問題らしい。

「理由《わけ》を聞いたところで、どうにもならんか。それこそ、余計な口出しだな」

丈一郎が考えられるのは、ここまでであった。

「しばらく、放っておくより仕方ありやせんでしょ」

源三の言葉が、この際一番的を射ていると、音乃と丈一郎は得心するようにうなずきを見せた。

「今ここでしてやれるのは、若い衆たちの食事の用意だけだな」

「それで、充分だと思いやすぜ。ありがてえ話だ」

「でしたら、きょうの夕飯からご用意しましょうか。手の空いた方《かた》から、来るようにおっしゃってください。音乃、さっそく仕度に取りかかりましょ」

「はい、お義母さま。これから忙しくなりますわね」

義理の母娘が立ち上がると、いそいそと勝手場のほうに向かっていった。

「それじゃ、あっしはこれで」

源三も、舟玄へと戻る。

丈一郎は、食べかけの西瓜を食し終えると、庭に向けて種を吹き飛ばした。

「いったい権六たちに何があった？」

丈一郎の独り言は、船宿舟玄の権六に届いていない。そしてこの後、さらに権六は不可解な行動をとることになる。

その翌日に、事件は起こった。

舟玄の持ち舟である屋形船が、一艘なくなっている。客が十人も乗れる、船宿一番の大型の船である。屋根つきで、四面が障子戸で仕切られ、中では小宴会ができるようになっている。

船がなくなっているのが分かったのは、一夜明けての早朝であった。

「――きのうの六ツ半ごろは、桟橋に泊《と》まっていたのを見たけど」

巽家で食事を摂った帰り、船頭の一人が屋形船を確認している。だが、それ以後見た者はいない。

その報せは、朝飯を摂りに来た船頭のひとり、三郎太《さぶろうた》がもたらせた。事件の探索の折は、三郎太にも世話になっている。音乃のよく知る、若手の船頭であった。三郎太も真っ黒に日焼けし、筋骨が隆々としている。

「あんなでけえ船、素人《しろうと》……いや、玄人《くろうと》だってそうは簡単に漕げるもんじゃねえです。いってえ誰が、漕いでったんですかねえ」

首を傾げて、三郎太が語る。

舟玄の中でも、大型の屋形船を一人で漕げるのは、四人ほどしかいない。その中には、権六と源三も含まれている。三郎太もそのうちの一人であった。そしてもう一人は、今三郎太の隣に座り一緒に食事をしている貞吉《さだきち》という船頭である。

「それだって客を乗せたときは危ねえからと、前と後で、二人して漕ぐんですぜ」

貞吉が、飯を口に含みながら言った。

若い衆が持ち出したのでないことは、三郎太たちの話ですぐさま明らかとなった。それほど扱いの難しい船を盗む者は、世間に滅多にいるものではない。となると、どこかの船頭が盗んでいったと思うほかにない。

「いや、舟玄にはもう一人いますね」

三郎太が、膳に汁椀を置いて、ふと口にした。

「どなたかしら？」

給仕をしている、音乃が訊いた。

「女将さんだったら、一人で漕げますぜ」

「まさか……お登勢さんがですか？」

「親方と、あれだけの大喧嘩をしたんだ。普段はとても優しい女将さんですが、一度怒り出したらもう手がつけられねえ。それにしたって、包丁まで振り回してあんなに怒ったのは初めて見たな。なあ、三郎太」

貞吉のほうが、五歳ほど年上に見える。

「まったくですぜ、貞吉兄い。ちょっと怒っただけも、あっしらは逃げちまうってのに」

「でも、なんで女将さんが屋形船を……？」

「そいつはなんとも分かりませんや。一つだけあるとすれば、親方への当てつけってことですかねえ」

自分の言葉に、自信がなさそうに貞吉が答えた。

「当てつけだけで、なんで屋形船を？」

「さあ、そいつは女将さんに訊いてみねえと、なんとも……」

お登勢が持ち出したと、決めつけるような貞吉の口調であった。

その直後——。

巽家に、血相を変えて源三が飛び込んできた。

「てててっ、てえへんだぁー！」

「何ごとがあったい？」

戸口での、源三と丈一郎のやり取りが音乃のいる居間にも聞こえてきた。

若いときの下っ引きに戻ったような、源三の慌てっぷりである。音乃たちは、食事をそっちのけにして戸口へと向かった。

四

源三の顔に血が巡るか、元々黒い顔がさらにどす黒く変わっている。

滅多に見せたことのない、苦《にが》りきった表情であった。

「まだ、高井《たかい》はいるのか？」

「へい」

そんなやり取りが、音乃の耳に聞こえてきた。

「いったい何が……？」

音乃の問いが、丈一郎に向いた。

「今、高井が来て権六を捕らえたそうだ」

「なんですって？」

驚きで、音乃の顔も引きつりを見せる。

「すっ、すぐに来て……おくんな……」

源三の声は咽喉《のど》に引っつき擦《かす》れている。話を聞くよりも舟玄に向かったほうが早い。

音乃と丈一郎は、雪駄をつっかけるといち早く家を飛び出していった。源三と三郎太、そして貞吉が一歩遅れて追いかける。

一町先に捕り方が数人立っている。そこが船宿『舟玄』であった。明六《あけ》ツを過ぎたばかりの早朝なので、人通りがないのが救いである。

音乃たちが駆けつけたときは、すでに権六に早縄が打たれ、長八《ちょうはち》の手でしょっ引かれていくところであった。長八が音乃に気づいたか、小さく頭を下げた。しかし、言葉はない。

捕り縄を打たれた権六のうな垂れた姿が、痛々しく音乃の目に映った。いつも船頭たちを怒鳴り飛ばして叱咤する、あの豪気な面影はすっかりと消えている。

「権六親方……」

音乃が声をかけても、なおさら頭が下がるだけであった。

「長八親分、何が……？」

今、問いを発するのは無駄と、音乃は言葉を止めた。

長八は、以前は音乃の夫であった真之介の手下として手腕を発揮していた岡っ引きである。今は、北町奉行所定町廻り同心の、高井の下についている。音乃には頼れる男で、これまでの事件の解決に、ずいぶんと役に立っていた。その長八の、馬のように長い顔が困惑の表情を浮かべている。

「おう、高井の旦那。いったいなんの騒ぎで？」

丈一郎が、十手《じって》を抜いて指図する高井に問うた。丈一郎の、よく知る男であった。

「権六を、殺しの廉《かど》で捕まえました」

現役だったころの丈一郎に、高井は一目《いちもく》置いていた。返る言葉は、丁重である。

「殺しだと……いったい、誰を？」

「とりあえず、権六を東湊町《ひがしみなとちょう》の番屋に連れていきますので……長八、権六をひったてい」

「へい」

寄棒《よりぼう》を持った捕り手五人に囲まれて、権六が番屋へと引き立てられていく。それを阻止することは、誰にも叶《かな》わない。高井が十手の心棒を肩に乗せ、意気揚々とうしろをついていく。そのうしろ姿を、舟玄の若い衆共々、音乃と丈一郎は黙って見送るだけであった。

高井と長八からの聞き取りは、一切《いっさい》なかった。

まったく事情の呑み込めない音乃と丈一郎は、ただ唖然として船宿の前で立ちつくした。捕り方たちの姿が消え、ようやく音乃たちは我に戻った。

「源三さん、いったいどういうこと？」

「権六が、誰を殺したっていうのだ？」

音乃と丈一郎の問いが、同時に発せられた。

「あっしには、何も……今朝、親方の朝飯を持ってきたらこの有り様で。そんなんで、すぐに旦那のところに」

源三も、詳しい事情が呑み込めていない。住み込みの若い衆たちも、寝耳に水の話だと、事情を知る者は誰もいなかった。

ただ一つ知れるのは、誰かが殺されその下手人《げしゅにん》が権六ということだ。

「こいつはまずいな」

丈一郎が、呟くような声音で言った。それが、三郎太の耳に入った。

「まずいとは、どういうことですんで？」

三郎太が、心配そうな声音で問うた。

「聞き込みがないってことは、動かぬ証拠をつかんでいるってことだ。普通、探索があって証拠を固め、下手人《げしゅにん》を捕らえるのが筋だが。権六の場合は、問答無用でいきなり捕らえられている」

「そういえば、巽の旦那……」

「なんだ、貞吉。何か、知ってることがあるのか？」

「まだ外が暗え明け方、小便で目を覚まし厠《かわや》に行こうと階段を下りてくと、遣戸《やりど》が開く音がしましてね。泥棒かと思って目を凝らして見ると、親方じゃねえですか。こんな時分に、吉原からの朝帰りかと。野暮《やぼ》だと思い、声をかけることはしませんでしたが」

「お登勢がいなくなったってのに、吉原通いはないだろ。それにしても暗いうちの朝帰りとは、不可解な行動だな」

「まったくでやんすねえ」

丈一郎と源三が、そろって頭を傾《かし》げるところは、現役時代の町方役人と岡っ引きを髣髴《ほうふつ》させる。

「もしかしたら、権六親方は……」

独りごちる音乃の顔から、見る間に血の気が引いた。

「まさか、お登勢さんを……？」

口にしたと同時に眩暈《めまい》がしたか、音乃の体がふらつきを見せた。

「でえじょぶですかい？」

源三が支えようと手をさしのべたが、倒れそうなところを、音乃は自分で堪えた。

「ごめんなさい。もう、大丈夫です。つまらないことを、想像してしまいました」

「ここで、うだうだと考えてたってらちが明かないだろ。おれが番屋に行って……」

丈一郎が口にしたところで、岡っ引きの長八が戻ってきた。

「高井の旦那が、詳しく話してやれと……」

「えっ、高井様が……？」

町方同心の高井は、そんなに気が利く男ではない。高井の指図と長八は言うが、これは自分の意思だと音乃はとらえている。真之介の下にいたときからそうであったが、上の者を立てる男だと。

「みなさん、中に入ってもらえませんか」

そういえば、まだ船宿の店先につっ立ったままであった。『本日休み〼《ます》』という貼り紙をして、船宿を休業にした。若い衆たちも事情を知りたいと、土間に集まっている。音乃と丈一郎も、その中に交じって入った。

長八が、権六捕縛の事情を語りはじめる。長八の視線が音乃と丈一郎に向くのは、とくに二人に聞かせたいがためだろう。それに気づいたか源三が、音乃と丈一郎の近くに寄った。

大川《おおかわ》に架《か》かる永代橋《えいたいばし》から少し上流に行った永代島《えいたいじま》に、幕府の御船蔵がある。御三卿《ごさんきょう》である田安家《たやすけ》の、下屋敷より下流に位置するその御船蔵の桟橋に、一艘の屋形船が泊《と》まっていた。屋根に『舟玄』と、屋号が書かれている。

それを一早く見つけたのは、同業者の船頭であった。

「――おかしいな。あんなところに、舟玄の屋形船が泊まってやがる」

町屋の舟が停泊する場所ではない。今朝早く、猪牙舟《ちょきぶね》を漕いでいた船頭が屋形船を見つけ、近づいていった。屋形船の外には、誰もいない。船頭は怪訝《けげん》に思い、解《ほど》けそうな舫《もや》いをしっかりと縛り直し、猪牙舟から屋形船へと乗り移った。

「うわっ」

障子戸を開けて中をのぞいた船頭は、腰を抜かさんばかりに驚いた。中で、男が死んでる。

「こっ、こいつはやっ、やべえ」

よろけた足で御船蔵の塀沿いを辿り、ほうほうの体《てい》で新堀町《しんぼりちょう》の番屋へと届け出た。たまたま番屋にいたのが、界隈《かいわい》を見廻る岡っ引き長八の子分で下っ引きの三吉《さんきち》であった。それから半刻もしないうちに、長八から町方同心の高井へと伝わったのは、かなり手際がよかったといえる。

長八の語りは、ここで一旦途切れた。

「殺されていたのは、誰なんだ？」

丈一郎から、さっそく問いがかかった。

「それが、江戸橋《えどばし》近くの新両替町《しんりょうがえちょう》にある、両替商『大高屋』の主《あるじ》五郎左衛門ってい
うのが知れやした」

「……大高屋のご主人ですって？」

屋号だけなら、音乃も知っている。本両替商では、中堅と目《もく》される。

「何か感じたか？」

音乃の呟きが、丈一郎の耳に入った。

「三百両がどうのこうのって……」

「両替商も、金にまつわる商いだな」

音乃と丈一郎のやり取りは、長八の次の言葉で途切れる。

「船頭さんの中で、大高屋の五郎左衛門さんを知ってる人はいやせんか？」

長八郎の問いは、舟玄の船頭たちに向いている。源三は、屋号は知ってはいたが、
手を上げることはなかった。五郎左衛門という、主の名までは知らなかったからだ。

それと、長八が尋ねた問いの意味が違う。権六と大高屋五郎左衛門の関わりについて

訊いたものだと。

船頭の中で、手を上げる者は誰もいない。そろって首が横に振られるだけである。

「お訊きしますけど、何故に権六親方がその下手人と……？」

音乃が、長八に向けて問うた。すると長八が、

「これに見覚えのある人は、いねえですかい？」

懐から平たい紙入れを出して、翳《かざ》して見せた。

「それは、親方の物ですぜ」

躊躇《ちゅうちょ》しながらも答えたのは、三郎太であった。

「この紙入れが現場に落ちていたのが、動かぬ証拠。それともう一つ、舟を漕いでいたのは舟玄の親方だと、大川ですれ違った顔見知りの船頭が言っていたんですが」

盗まれたと思った屋形船は、親方の権六自身が持ち出したようだ。それを長八に言うと、ますます権六の嫌疑が深まるからと、告げる者は誰もいない。

「大高屋の五郎左衛門さんは、なんで殺されましたので」

音乃が、話の矛先を別に向けた。

「理由《わけ》は今、親方から聞き出しているところです」

「それも訊きたいけど、どのような殺され方をなされたかってことです」

「それでしたら、縄で首を絞められての絞殺です。舟を舫《もや》うような縄でもって……船頭さんなら、その扱いに慣れている」

音乃は、長八の話を聞くほど権六の不利が重なっていくような気がしてならなかった。

「それで、何故に……？」

それこそ、殺しの動機である。

「今聞き出してるんですが、親方はまったくしゃべらず、だんまりを決め込んでるんで」

「権六に、会えるか？」

「いえ、そいつは……」

丈一郎の問いに、長八は小さく首を振る。

「そんなんで、こっちから訊きてえのですが……」

長八からの問いが向く。

「このところ、権六親方に変わったことがなかったか……どんな、些細なことでもいいんで、知ってることがあったら教えてもらいてえ」

若い衆同士が顔を見合わせて、戸惑いを見せている。

「何か、あったんですかい？」

その様子に、長八は舟玄の異変を嗅ぎ取ったようだ。勘の鋭い男であるのは、音乃も承知している。どう返事をしたらよいかと、三郎太が源三にうかがいを立てるような表情を作っている。源三は、小さくうなずきを返した。隠しておいても、すぐに知れることだと。

「実は先だって、親方と女将さんが夫婦喧嘩をしまして……」

三郎太が、あるがままを語った。

「家を出たまま、未だに女将さんが帰らねえのも穏やかじゃねえな。喧嘩の原因て、なんだか知ってやすかい？」

再び三郎太が、源三の顔をうかがった。源三は、小さく首を横に振る。それ以上は語るなとの仕草を送った。

「いえ、まったく。なんなんでしょうか？」

「知ってる方は、いねえでやすかい？」

長八が、船頭たちに声をかけた。

「いや、知りません」

声を出した者もいれば、首を横に振るだけの者もいる。みな、夫婦喧嘩の原因までは語ることがなかった。

「夫婦喧嘩以外に最近、権六親方に変わったことは？」

「いつものように、元気に船頭たちを怒鳴り散らしてましたから、まったく気づきませんでしたね」

長八の問いに貞吉が答え、船頭一同がうなずく。

「そうですかい」

そんな単純な答で、長八は得心をしているようだ。本来の聞き込みなら、もっと深く穿鑿《せんさく》するはずだが、長八はそれをしない。

「それで、これから親方はどうなるんでしょう？」

三郎太が、怖々《こわごわ》とした口調で訊いた。

「これから大番屋《おおばんや》に送られ、そこで厳しい……」

このまま黙っていれば、権六は大番屋で吟味にかけられる。それでも調べがつかないときは、伝馬町《てんまちょう》の牢《ろう》屋敷にある穿鑿場での、厳しい痛め吟味が待っている。そこで、誰しも耐えることができない拷問を受け、否が応でも白状してしまえばそれで一巻の終わりである。即座に打ち首になるか、小塚原《こづかっぱら》か鈴《すず》が森《もり》の、処刑場の露と消えるのである。

長八の話を、誰しもが苦虫《にがむし》を嚙み殺した表情を浮かべて聞いている。

――権六親方は、下手人《げしゅにん》ではない。

ここにいる全員が、同じ思いでいる。

「それを覆《くつがえ》すには、絶対の証《あか》しが必要です。だが……」

自分の力ではそれは叶わないと、長八は言葉を吞み込んだ。あとの探索は任すと、長八の目が語っている。そんな長八の心根を、音乃は読み取っていた。

五

長八が番屋に戻ったあと、舟玄にはガックリと肩を落としてうな垂れる船頭たちと、音乃と丈一郎が残った。

「いってえ親方はこれから……」

胸を絞めつけるような不安に駆られ、三郎太が口を開いた。

「心配しないで、みなさん。権六親方が、人を殺《あや》めるはずがないじゃないですか」

音乃が口を酸っぱくして説くも、うな垂れたままで頭を上げる者はいない。返る言葉もなかった。

「この舟玄を、みなさんで守っていかなくてどうするんです。しっかり、しなくちゃ……」

意気消沈した気持ちに向けて、いくら叱咤激励しても通じるものではない。

「ごめんなさい。今、こんなときにしっかりしなくちゃって言っても無理ですよね」

「いや、音乃さんの言うとおりで」

そこに源三が、体を乗り出してきた。

「なあ、みんな。俺はこれから巽の旦那と音乃さんとで、権六親方を救うことにする。そんなんで、船宿のほうはみんなの力で守ってくれ。親方とお登勢姐さんには、ええ恩義があるんだろ。親方は、殺しなんかしちゃいねえよ。こんなことでがっかりしてちゃ、男がすたるぜ」

「そうだ。源三兄《あに》いの言うとおりだぜ。俺たちがしっかりしねえで、誰が親方と女将さんの留守を守るってんで」

口にするのは、三十を越したばかりの熊次郎《くまじろう》であった。齢はいっていても、船頭の経験はまだ浅い。年の功とばかり、船頭たちに発破《はっぱ》をかけた。舟玄に雇われて、まだ半年ばかりの船頭である。

ようやく、船頭たちのうな垂れた頭が持ち上がる。

「とりあえず、舟だけは漕ごうぜ。おれたちにできんのは、そのくれえだ。源三兄いは、岡っ引きで鳴らした男だ。巽の旦那と音乃さんに、親方のことはまかせたらどうだ」

「そうしようぜ」

若くしても舟玄では古参の貞吉が、船頭たちを力づける。

もう、うな垂れた船頭は一人もいない。むしろ、日焼けした顔に生気が戻り、頼もしくさえ見える。

「ところで、女将さんは帰ってこねえですね。捜さねえでいいんですかい？」

三郎太が、誰にともなく訊いた。

「どなたか、女将さんの行きそうなところをご存じないですか？」

「いやあ、とても見当がつきやせん。女将さんは、あんまり自分を語りませんでしたし。そういやあ、これまで気にしなかったけど、友だちが訪ねて来たことなんて一度もなかったでしたねえ」

音乃の問いに、貞吉が首を傾げながら答えた。お登勢の交友を知ってる者は、舟玄には誰もいない。

「まあ、あんなにさっぱりとした性格だ。そのうち、戻るんじゃねえですかね」

「そうだと、いいんだが」

三郎太の言葉に、熊次郎がポツリと言った。

舟玄の船頭たちからは、お登勢の行方は知れずじまいであった。権六を救うに、お登勢が大きな鍵となるかもしれない。

「お登勢さんは、ご亭主が捕らえられたのをご存じなのかしら？」

独り言のように、音乃は口にした。

「あっしが姐さんを捜しやしょうか。お昌とけっこう話をしてたようだし、もしかしたらあいつが何か知ってるかもしれやせん」

「そうだな、源三。お登勢さんのほうは、おめえに任せる」

「へい。合点ですぜ、旦那」

丈一郎と源三の掛け合いは、見ていて歯切れがよい。それだけでも心強いと、音乃は気持ちが軽くなる思いであった。

舟玄は店を開き、いつもの状態に戻ると、何ごともなかったように船頭たちは動き出した。

女房のお昌に確かめるために、源三は霊巌島町の家へと帰っていった。

音乃が探索に乗り出すと、律は一人で昼夕、八人分の食事の賄いをしなくてはならない。

「お義母さま、朝餉はお手伝いできますが……」

家に戻り、音乃は遠慮がちにそのことを告げた。

「権六さんの一大事です。こちらは私に任せて、音乃はなんとしてでも親方を救い出してあげなさい」

律は、小袖に襷《たすき》がけをして待っていた。意気込みが、語る前から伝わってきた。

「かしこまりました、お義母さま。必ず親方をお救いします」

これで、船頭たちの空腹が解消できる態勢が整った。あとは、音乃と丈一郎がどこをどうして、権六を救い出すかである。

「早くしないと、伝馬町送りは間違いないぞ」

伝馬町の牢屋敷に、未決囚の身柄が移されるということは、ほとんどが死を意味する。大抵の容疑人は、大番屋の吟味から町奉行所のお白洲《しらす》で詮議にかけられ裁きが決まる。重いところは死罪、軽いものは江戸ところ払いまでの刑が下され、一件が落着となる。

町奉行所では、物や状況の証拠に加え、自白を最大の証拠として裁きを下す。ゆえに、自白を引き出すために手荒な手段を用いることもある。

伝馬町牢屋敷の穿鑿場には、責め問いに使う拷問の用具一式が置いてある。しかし、その責め問いを実行するには、老中にうかがいを立てる必要があった。容疑人がそこまで行くことは、滅多にない。大概は、大番屋の手厳しい吟味で証拠をつきつけられると、そこで白状して落ちとなる。

権六には、証拠がそろいすぎている。

屋形船の持ち出しといい、縄を使っての絞殺といい、そして何より、現場に権六の物と見られる紙入れが落ちていたことだ。これだけ証拠がそろってさらに自白をすれば、奉行所の白洲で詮議され刑が決まる。死罪になるかどうかは、殺した動機が重要になってくる。情状酌量を認められれば死罪は免れようが、人を殺した罰は拭えない。軽くても、伊豆七島でも一番遠い八丈島《はちじょうじま》に最短十年の流刑は下されるだろう。

「無実の罪で、そんなところに送られるなんて……」

音乃は、これを冤罪《えんざい》とみている。気持ちの中で、権六の無実を疑うことはなかった。

「白状する前に、なんとかせんといかんな」

丈一郎も、音乃と同じ意見である。しかし、権六に面会をする機会はすでに失っていた。

昼前に長八と会って音乃は問い質《ただ》すも、権六は一言もしゃべらずにいたという。証拠の品と共に、すでに茅場町《かやばちょう》の大番屋へと権六の身柄は移されている。つまりは、高井と長八の手から離れたということである。

「――もう、あっしらの手には負えませんや」

無念そうな、長八の言葉が音乃の耳に残っている。

「もし、権六が大番屋でだんまりを決め込んだら、伝馬町送りも考えられるな」

『石抱き』『海老責め』『釣責め』といわれる、あの痛め吟味に耐え抜いた者は、過去にもほとんどいない。それが、音乃と丈一郎の懸念であった。

「それにしても、なんで権六はだんまりを決め込むのだ。自分はやってねえと、何故に抗《あらが》おうとはしない」

「そこがなんとも、腑に落ちないところです」

音乃も同感で、二人の首がやたら傾くばかりである。

「たとえ万が一、いや億が一でも権六が殺《や》ったとしても、それなりの事情があったはずだ。無下《むげ》に、人なんぞ殺せる男ではない。なんで、事情を話さないのだ？」

「無実ならば、なおさら訴えてもよろしいかと」

何が権六を黙秘させる。音乃の頭の中は、それ一点に集中した。すると、あること
に思いが至った。

「もしかしたら、どなたかを庇《かば》っているのではないかしら？」

当て推量であるが、口にする。

「庇うって、誰をだ？」

「それはもう、お一人しかいないでしょう」

「お登勢ってことか？」

「おそらく……」

「音乃の推量が当たっていれば、合点がいく。そうなるとだ……」

丈一郎が、腕を組んで言葉を止めた。それは、考える間ではなく、語るに辛かった
からだ。口をへの字に曲げ、眉間を寄せた顔に苦悶が滲み出ている。

「やはり、お登勢さんが下手人……えっ？」

音乃の言葉は、絶句に変わった。

「考えたくはないが、おのずとそういうことになるな」

丈一郎が、決めつけるように言った。

「ですが、権六親方の証拠の品が……」

「お登勢を庇って、権六が細工をしたってことも考えられる。自分が罪を被《かぶ》るためにな」

「まさかお登勢さんが人殺しなんて、親方以上に考えられません。権六親方だって……」

しかし、状況を考えれば考えるほど、悪いほうに頭の中が向いていく。

「いずれにしても、まずいことになった……ちぇっ」

丈一郎の舌打ちが、最悪の事態を予感させる。

「いや、違います。絶対に違います。殺ったのは、お二人のどちらでもありません。お義父さま、わたしたちが信じてあげないで、どうなされます」

涙ながらの、音乃の訴えであった。

「音乃、落ち着け。俺だって、権六を信じているさ。だから、ここはもっと冷静になろうじゃないか。そうだ、西瓜でも食って頭を冷やそう」

呆然とした音乃をその場に残し、丈一郎は西瓜を取りに立ち上がった。やがて丈一郎が、三角に切った西瓜を二切れお盆に載せて戻ってきた。

「そんなことを、お義父さまにさせて……」

「いや、いいんだ。おれだって、気持ちを落ち着かせようと思って、じっとしてはいられなかった。こいつを食えば、いい考えも浮かぶだろう」

音乃の乱れる気持ちを落ち着かせるのに、丈一郎はよい間を作った。

「そうでした。ここは冷静さが肝心なのに、わたしちょっと、うろたえてしまいました」

「音乃の、慌てふためくさまを初めて見たな」

「ごめんなさい、お義父さま」

「誰だって、そうなる。むしろ、動揺しないほうがおかしいさ」

西瓜を食し終えたときには、いつもの冷静沈着な音乃に戻っていた。

「本来、容疑人が黙り込む理由《わけ》は、ほかにどういうことが考えられますでしょうか？」

こういうことは、丈一郎の経験がものを言う。

「そうだな。誰かを庇う以外に考えられるのは、悪あがきってことかな。だが権六は、場凌ぎでもって、そんな姑息《こそく》な手を使うことはありえないだろうし。もう一つ考えられることは……」

「もう一つとは？」

「やはり、お登勢を庇ってのことかもしれん」

「それですと、先ほどの考えと同じになりますが」

「いや。違うのは、権六が思い込んでいるというのも、ありうるってことだ。下手人がお登勢と、端《はな》から決めつけてな」

「勘違いってことですか？」

「ああ、そういうことだ。しかし、このままずっとだんまりを決め込んでいたら、権六は間違いなく伝馬町送りとなり、最後には自分が殺ったと、嘘でも白状するだろうな。あの拷問に耐えられた者は、今までいない」

「そうなりますと……」

「即刻、町奉行所のお白洲でもって、打ち首って裁きが下される」

「もし大番屋で、親方がずっと黙っていたら、どれほどで伝馬町送りに？」

「そうだな。これだけ証拠が挙がっているのだ。あとは、権六を白状させるだけだから、大番屋での吟味は長くても三日だな」

「それまでに、真の下手人を挙げないとならないのでしょうか？」

「いや。権六の仕業ではないという、証しがあればいいのだが……見つけるのは、容易ではない」

　現場の状況が片づけられた今では、権六の無実を示す証拠を探し出しようがない。

手がかりとしては、権六と五郎左衛門の関わりを知ることだ。しかし、音乃がすぐに、両替商の大高屋に聞き取りに動かなかったのは理由がある。一つには、主の五郎左衛門が死んで、今はてんてこ舞いをしているはずだ。それと、下手人となった権六の名を出し、奉行所より先に動くわけにはいかない。大高屋を探るには、工夫が必要と音乃は判断したからだ。

奉行所が知らない筋が、一つだけある。お登勢の線である。だが、その本人がどこにいるか知れない。源三からの、報せを待っているところだ。

もう一つ、手があるとすれば――。

三日など、あっという間に過ぎ去ってしまう。この間に、無実の証しをつかめるという保証はどこにもなかった。

できることなら、もっと時が欲しい。

「ここは梶村《かじむら》様にお願いするよりか……」

禁断の手段であったが、権六の命には代えられない。

「北町影同心だって、どれほど権六親方には助けられておりますことか。その道理をお話しすれば、分かっていただけるものと」

音乃は、北町奉行榊原忠之とのつなぎである、筆頭与力の梶村に訴えるのが得策と考えた。

「音乃が頼めば、梶村様は考えてくれるだろう。だが、罪は罪だ。それでもって、ご赦免《しやめん》はないし、罰が減じられることもなかろう。せいぜい、伝馬町送りへの猶予が、数日与えられるだけだ」

権六の罪まで消してくれと願うのではない、それだけでも充分である。

「少しでも、猶予を与えていただければありがたいです。その間に、親方を救い出す証拠を……」

「まあ、梶村様からどういう返しがあるか分からんが、たまにはこちらから願いを持ち込んだって罰《ばち》は当たるまい」

丈一郎が、苦し紛《まぎ》れの見通しを立てた。

六

権六が捕らえられてから、すでに三刻半ほどが経った昼下がり。

三々五々、舟玄の船頭たちが昼飯を食しに来るも、みな食欲がない。腹を空かしているだろうが、誰もが一膳飯で茶碗を置き、お代わりを欲しがる者はいない。遠慮からでなく、不安で飯が咽喉《のど》を通らないようだ。

「それじゃあ、舟を漕ぐのも力が入らんでしょ。男だったらくよくよしないで沢山《たくさん》食べて、お仕事に励みなさい」

律から発破《はっぱ》をかけられる有り様であった。

「お話し中すいやせん、ちょっとよろしいですかい？」

音乃と丈一郎が話をしているところに、三郎太の声がかかった。

「あら、三郎太さん。何かございました？」

少しでも、暗い気持ちを和《なご》ませようと、音乃は明るい声音で答え、表情に笑みを含ませた。

「へい。屋形船が戻ってきまして」

「おお、そうか。三郎太は、飯を食ったのか？」

「いえ、これからで。もし、屋形船を見たいのでしたら、貞吉兄いが宿にいます」

「ならば音乃、ちょっと見てくるか？」

「はい」

手がかりとなるものは、奉行所がみんなさらっていっただろう。無駄なような気がしたが、殺しの現場を見ておかないわけにはいかない。音乃と丈一郎は、さっそく舟玄へと向かった。

　貞吉の手廻しで、桟橋に泊めてある屋形船を調べる。

　四方の障子戸を閉めて中の様子をうかがうも、案の定、手がかりとなるものは何も落ちていない。床は蓙《ござ》敷きとなっている。そこに、どのような姿で大高屋の五郎左衛門が横たわっていたのか、今となってはその痕跡すらない。絞殺と聞いているので、周囲に血の跡がないのもうなずける。

「何もねえな」

「はい。発見されたときの様子は、長八さんに聞くよりほかにございませんね」

「音乃はそう言うも、長八はおいそれとは教えてくれんだろ」

「長八さんだって、権六親方が下手人でないと思っております」

「どうして音乃は、そう言いきれる？」

「今朝方長八さんは、こんなことをおっしゃってました。『――それを覆《くつがえ》すには、絶対の証《あか》しが必要です』って。権六親方を下手人と思ってなければ、そんな言葉は出ないはずです。それと、自分ではできないからわたしに任すと、そのときの目が語っておられました」

「音乃は、長八の心根《こころね》が分かったのか？」

「はい。地獄の閻魔様に、語りかけるような目をしておりました」

「音乃が、真之介に見えたのかもしれんな」

「真之介さまの魂は、わたくしに宿っておられますから」

音乃の夫は『閻魔』と異名を取る、凄腕の定町廻り同心であった。

「そうだったな」

丈一郎が、しんみりとした口調で返した。

屋形船の中からは手がかりが得られない。外に出ようと、音乃が障子の桟《さん》に手をかけようとしたところだった。

「あら？」

障子が一箇所破れている。

「貞吉さん。ここの障子が……」

棒か何かで突かれたような、小さな破損であった。

「あれ、ほんとだ。気づかなかった」

「前から破れておりました？」

「いや、そんなはずはねえです。障子の破れはみっともねえんで、必ず毎日調べて、破れてるところを見つけたら、すぐに直しますが」

「だとすると、この破れは事件と関わりがあるかもしれんな」

どこで、どんな拍子で破れたのかは分からない。ただ、不可解なのは破れているのは、桟の升目一箇所だけである。殺すほうも殺されるほうも、暴れたとしたらもっと障子戸の損傷が激しいはずだ。

「ほかに、誰か乗っていたのか」

屋形船だと、客が一人ということはあり得ない。だが、夜船客を乗せるなら、船頭の誰かに漕がさせるはずだ。権六自らが、夜中に水棹《みざお》を握ることはない。

——両替屋のご主人と親方は、どんな関わりがあるっての？

乗っていたのは大高屋五郎左衛門一人、それともほかに誰か。音乃の疑問が、脳裏を駆け巡る。

「貞吉さん。この破れを直さないで、このままにしておいていただけます」

「へい。親方が戻るまで、この屋形船に客は乗せないことにしてありますので」

「お願いします」

音乃と丈一郎は障子の穴を頭に止めて、屋形の外に調べを向けた。

桟橋の杭に、船を舫ってある。簡単に解《ほど》けないよう、独特の縛り方であった。

「けっこう難しそうな、縛り方ですね」

普段は、船の泊め方など気にしたことがない音乃である。舫っている太さの縄で、首を絞められたと聞いている。そんなところから、音乃は気を向けたのであった。

「ええ。船頭になるには、真っ先に縄の縛り方を教わりまさあ。こういう風に縛っておかねえと、舟が逃げていっちまいますから」

貞吉が一度縄を解き、縛りの手ほどきをしながら言った。

「ちょっと、やらせて」

「ようござんすよ」

縄を解き、見よう見まねで音乃が杭に縛ろうとするがうまくいかない。

「けっこう難しいものね」

「馴れちまえばなんてことはねえ。目を瞑《つむ》ってたってできますが、最初のうちはややっこしいかもしれませんね」

貞吉が縛れば、それは瞬時であった。

「ふーん、さすが船頭さん」

音乃の感心した様子に、

「それほどでは……」

貞吉が、照れた。

屋形の外には、手がかりとなるような、目ぼしいものは何もない。

「ありがとう、貞吉さん」

「忙しいところ、すまなかったな」

音乃と丈一郎が礼を言って、屋形船から降りた。


一度、家に戻ることにする。

歩きながらの、音乃と丈一郎の会話である。

「音乃は、ずいぶんと舫い縄のことを気にしてたな」

「はい。これも長八さんの話の中にありまして。お義父さまは、憶えておられませんか？」

「何をだ？」

「たしか、こんなことを。屋形船を見つけた船頭さんが、船に乗り移る際に舫いが解けそうで縛り直したと」

「そういえば、言ってたな」

「もし、権六親方が船を漕いでいたとしたら、そんな簡単に解けるような縛り方はしないのではないかと」

「なるほど。さすが音乃、鋭いところに気がつくな。だが、慌てていたということも考えられるぞ」

「貞吉さんの手際を見れば、そうは思えません。きのう今日、船頭さんになられた方ならいざしらず、親方ほどとなれば縛り方も身についているはず。むしろ、いい加減に縛ることのほうが、難しいのではないかしら」

「そうなると、権六ではないってことか？」

「その可能性が高いのではないでしょうか。ええ、もちろんお登勢さんではないってことも」

一つ、明るい兆しが見えてきたようだ。

「だがな、音乃。あの屋形船は、誰でも漕げるっていうものではないぞ。それに、権六が漕いでいたって証言もあるしな」

「はい。そこまでは、まだわたしにも不可解でございまして……」

語る間にも、巽家の前まで来ていた。

与力の梶村のところに行くには、まだ早すぎる。梶村は、早くても夕七ツ半を過ぎなくては戻ってこない。忙しければ、泊まりがけということもある。

「これから音乃はどうする？」

「両替商の大高屋を見てこようと思っています。やはり、五郎左衛門さんのことを知っておかなくてはなりませんので」

「そうだな。おれも、行こうか？」

「ここは、わたし一人で行かせていただけませんか？　探りを感じさせない、ちょっとよい考えが思い浮かびました」

「なるほど。だったらおれは、これから源三のところに行ってくる。やはり、お登勢をすぐにでも捜さなくてはならんからな」

源三は家に戻ったきり、まだ報せをもたらせてはいない。待ってはいられんと、丈一郎から出向くことにした。

丈一郎は一度家の中に入り、音乃はその足を日本橋《にほんばし》に向けた。

夏の日射しが降り注ぎ、音乃は額に浮かんだ汗を手巾で一拭きして、動き出した。淡い若草《わかくさ》色の地に、小紋柄《こもんがら》の単《ひとえ》が他人には涼しげに見える。

「……ああ、暑い」

だが音乃本人は、夏の暑さを痛感していた。

七

大高屋は、本両替商に属する大店である。

本両替商は、両替業務だけの脇両替商と異なり金の貸付、手形振り出し、為替《かわせ》取引、預貯金の扱いなどの業務に携わり、蔵方として大名家への貸し出しなども行っている。

京橋《きょうばし》から大通りを南に一町ほど行ったところが、新両替町である。

大通りから、少し西に入ったところで大高屋は店を構えている。

「……お店が開いている」

音乃は、『両替　大高屋』と書かれた分胴型の看板の下まで来て、ふと呟いた。

主人が亡くなったというのに大戸は下りてなく、店の入り口には紫紺《しこん》の暖簾《のれん》が垂れている。どんな事情があるにしても、両替商は一日たりとも業務を停滞することは許されない商いであることを、音乃は身につまされて知った。

店の中をのぞくと、帳場で数人の奉公人が、客の応対と帳簿の記載などで余念なく働いている。

——それにしても、ご主人が殺されたことをご存じなのかしら？

両替商の使命とはいえ、いささか平穏すぎる。何ごともないような店内の様子を、音乃は不思議に思った。

為替か手形を持ち込んでいるのか、客は身形《みなり》のよい商人が一人、格子で仕切られた窓口に座って、手代らしき奉公人と相対をしている。

音乃は、一両小判を握りしめ、店の中へと入った。

「いらっしゃいませ」

手代らしき男が音乃に声をかけるも、その顔は訝《いぶか》しそうである。見目麗《うるわ》しき若い女が、本両替商の窓口に立つのは珍しいことなのであろうか。

「何か、ご用でございますか？」

金銭の用立てではないと、手代は一目で見抜いたようだ。

「はい。こちらのご主人は、五郎左衛門様というお方でございましょうか？」

主の名を出すと、にわかに手代の顔色が変わった。奥にいる番頭風の男も、算盤《そろばん》の手を止め音乃に顔を向けている。

「あっ、あるじに何か？」

明らかに、手代の応答にはうろたえた様子が見える。

「今、おられますでしょうか？」

音乃は、奉公人たちの様子の変化に気づかぬ振りをして、さらに問うた。

「主に、何か……？」

返す声音に震えが帯びている。それだけで、大高屋に異変のあったことが知れた。やはり、五郎左衛門の死の報せは届いているようだ。遺体が帰っているかどうかまでは、なんともいえない。

「ご主人の五郎左衛門様に、先だってお金を用立てていただきまして、それをお返しに上がりました」

「主がお嬢さまに、お金を貸したと。それで、額はいかほど……？」

「一両なのですが」

手に握ったむき出しの一両小判を差し出すも、事情が分からずには相手は受け取らない。

「先だって財布を掏《す》られ、支払いに難儀しているところをその場に居合わせたご主人さまに助けられまして。取っておきなさいと言われましたが、やはり戴《いただ》くのはちょっとと思い、お返しに……」

「それでしたら、もらっておいてよろしいのではございませんか？」

「ならばご主人さまにお会いして、せめてお礼だけでも言わせていただけませんでしようか？」

手代では判断がつかないか、後ろを振り向き番頭らしき男にうかがいを立てた。番頭の首が、小さく横に振られるのが音乃の目にも映った。

「生憎《あいにく》と、主は今留守にしておりまして」

すでに手代は落ち着きを取り戻し、応対に澱《よど》みはなくなっている。

「左様でございますか。でしたら、いつお戻りで？」

手代はまたも振り向き番頭を見やる。すると番頭は帳面を閉じて近づいてくると、音乃と向かい合った。

「主は今、上方《かみがた》のほうに出向いておりましてしばらくは……」

こんな応対ならば、わざわざ番頭が出てきてする話でもない。何かあると感じた音乃は、気持ちを切り替えることにした。

「もしかしたら、ご主人さまお亡くなりになったのではございませんか？」

余計な問答を繰り返していても、時だけが無駄に過ぎるばかりだと、音乃のほうから切り出した。仕切り窓の奥で、番頭と手代が顔を見合わせている。

はからずもそこに、仰天《ぎょうてん》の声を発して振り向いた男がいた。

「なんだって！」

声の主は、先客の商人風の男であった。音乃は、男に目を向けるもすぐに番頭と手代に顔を戻した。

「今しがたお店の外で、岡っ引きの親分が言ってましたから」

音乃はいい加減に、出まかせを言った。すると、番頭から血相を変えての反論が返る。

「いや、とんでもない。主が死んだなんて、変なことを言う目明しだ。間違いなく主は、融通為替のことで上方に向かっているところです。滅多なことは言わないでくれ」

「左様でしたか、ごめんなさい。わたしの聞き間違いのようでした」

本両替商が業務を停滞できないのは分かるが、なぜに顔面を真っ赤にしてまで、主の死を隠すのかは分からない。

――いずれは、分かることなのに。

それと、主の死を公にしてはまずいことがあるのだろうか。一つあるとすれば、その死に方である。理由のいかんによっては、店ぐるみで伏せることも考えられる。

さしあたり、奉公人たちから探れることは、これくらいである。だが、音乃は別のところで手応えを感じていた。

「でしたら一両は……？」

「主がさし上げたというのでしたら、受け取っておいてください」

「それではありがたく……後日旦那さまがお戻りになるころを見計らい、お礼にまたうかがわせていただきます」

音乃は見せ金の一両を懐《ふところ》にしまい、番頭と手代に向けて頭を下げた。

「お仕事の最中に、お邪魔しました。それでは、ごめんくださいまし」

言って音乃は、店の外へと出た。そして声をかけられるのを待つかのように、亀のようにゆっくりと歩いた。

「お嬢さん、ちょっとお待ちください」

二十四歳になる音乃も、若作りをすれば娘と見られる。立ち止まると、ゆっくりと振り向いた。

「お嬢さんて、わたくしのことでございましょうか？」

「ええ……」

案の定、音乃を呼び止めたのは大高屋の店内にいた商人であった。

齢は丈一郎と同じほどか、五十歳を越えていると思える初老の男であった。

「わたしに何か……？」

音乃は、男が近づくのを待った。

あの驚き方は尋常でなかったと、音乃は商人に訳ありを感じていたのだ。店の中で、それを問うことはできないし、男もそれを願ってはなさそうであった。必ずあとを追って出てくると、確信をして大高屋をあとにしたのだった。

商人は音乃に近づくと、小声で話しかけてきた。痩せぎすで、青白い顔をした男であった。

「聞きたいことがあるのですが、立ち話もなんなんで、ちょっと……」

商人が誘うも、音乃はすぐには動かない。

「どんなお話で……？」

「すまなかった。娘さんを路上で誘うなんて、変な魂胆《こんたん》でないからご安心ください」

親子ほどの齢の差があるが、言葉はへりくだっている。

「手前、この先の銀座町《ぎんざちょう》で金細工を施した物品を扱う『金尻屋《かねじりや》』の主《あるじ》で、加和太郎《かわたろう》と申します。大事な話が……」

行き交う人の耳を気にするか、加和太郎と名乗る男の声が小さくなった。

「大事なお話とは……？」

「ここではなんです。ちょっと、一緒に来ていただけませんか？」

「はい」

「お腹は空いてないですか？」

「食べたばかりでして……」

「ならば、大通りに出たら甘味茶屋が」

「大福《だいふく》でしたら、食べられますわ」

大好物の大福ならば、音乃は別腹である。

「ならば、そこに……」

日本橋から東海道《とうかいどう》に通じる目抜き通り沿いにある、垢抜《あかぬ》けした小洒落《こじゃれ》た意匠を施す茶屋へと入った。

ゆったりとした空間が取られ、他人の耳を気にせずに、話をするには都合のよい床《しょう》几《ぎ》の配置であった。

大福と茶を頼み、話へと入る。

「さて、どんなことかお話を？」

音乃の切り出しに、加和太郎はコホンと一つ咳払いをした。

「娘さんはさっき大高屋で、主人が亡くなったのかと訊きましたよな」

「はい」

「それは、本当ですかね？」

やはりそうかと、音乃はこの問いを読んでいた。その答をすでに考えている。

「本当のようです。ですが、お店の方たちは、それをひた隠しにされておられますようで」

「ええ。誰も教えてはくれませんし、まったく知りませんでした。ところで、娘さんは岡っ引きから聞いたといいますが、まさか殺されたのではないでしょうね？」

音乃は、本当のことを言うかどうか迷った。少し、間を置き、

「はい、そのようでございます」

詳細は語らず、音乃は一言で告げた。すると、それに対する問いは一切なく、加和太郎の元々白い顔が、さらに蒼白となって体は震えが帯びている。

「そうだったのか。しかし、弱った……」

うな垂れて、ふと漏らした加和太郎の言葉は、大高屋五郎左衛門の死を悲しむというより、狼狽しているかのように音乃には思えた。顔面の青白さは、そんな困惑の憂いを宿してのことだと。

——五郎左衛門さんとこのお方との間に、いったい何が？

それが、ひいては権六の黙秘と関わりがあると、音乃は感じていた。肝心な部分を、どうやって訊き出そうかと音乃は模索する。出された大福と茶が、考えるのにちょうどよい間を与えてくれた。

「大高屋のご主人は、何か殺されるようなことをなさっていたのでございましょうか？」

事件の根底を知るにはこの訊き方しかないと、音乃は、下を向く加和太郎の表情をのぞき込むようにして問うた。

「いっ、いや……」

大きく首を振って否定をする加和太郎の返事は、裏を返せば図星にも取れる。

「……騙《かた》りなのか？」

うつむきながら漏らす呟きは、音乃には聞き取れない。

「何か、おっしゃいまして？」

「騙《だま》された……」

「えっ？」

加和太郎が顔を上げたときは、とても同人物とは思えないほど、たった一瞬で憔《しょう》悴《すい》しきった、苦悶の表情に変わっていた。

「騙されたと聞こえましたが、いったい何が……？」

音乃が問うも答はなく、加和太郎は立ち上がると、ふらつく足で茶屋の戸口に向かって歩き出した。加和太郎の様子に、音乃は底知れぬ不安を感じ、追いかけようとしたが、店の娘に呼び止められる。

「あのう、お勘定……」

そのまま外に出たら、無銭飲食である。もどかしいが、仕方がない。

「おいくら？」

「はい。みんなで、三十五文です」

生憎《あいにく》と小銭の入った巾着《きんちゃく》を持たずにきて、細かい銭は一文もない。もっているのは、見せかけで持ってきた一両だけであった。

「ごめんなさい、これで……」

「今、お釣りを」

「急ぐの。お釣りはあとで、取りにきます」

その間が悪かった。音乃は茶屋から出ると、左右を見やって加和太郎の姿を探った。人通りの多い、目抜き通りである。行き交う人の波に紛《まぎ》れ、加和太郎の姿は消えていた。

第二章　三百両の行方

一

こうなると、大高屋五郎左衛門と金尻屋加和太郎の関わりを、俄然《がぜん》知りたくなる。

「騙《だま》されたと言ってたわ」

この言葉に真髄があると、音乃は踏んだ。加和太郎に権六を加え、大高屋五郎左衛門を挟んで、すべてが関わり合ってくるものと音乃には思えた。

音乃は、大高屋へ戻ることにした。考えながら歩くうちに、音乃は再び大高屋の店先まで来ていた。しかし、すぐには中に入らず、その場で立ち止まった。入る口実を、音乃は考えあぐねていた。

この大高屋に何かあると思えども、迂闊《うかつ》には切り出せない。五郎左衛門の死因が死因だけに、警戒を先に立たれてはむしろやぶ蛇となって、今後の探索がやり辛くなる。

——ここは、慎重を期さねばならない。

音乃は店の前をやり過ごし、母家のほうに回ることにした。五百坪以上もある広い敷地の中に、店と住まいが一緒に建っている。道幅一間ほどの路地に入ると、十五尺もある高い板塀が、盗賊の侵入を阻止するように屋敷を囲っている。上を見やると、塀よりも高い蔵の庇《ひさし》が見える。

「あの中に、どれほどのお金が詰まってるのかしら？」

音乃は、漆喰壁《しっくいかべ》の蔵を千両箱の金蔵と取った。

塀沿いを半周すると、母家の出入り口があった。門構えではなく、それは幅半間の小さな引き戸である。さらに半周するも、ほかに出入り口は見当たらない。

塀の引き戸を開けてみるも、内側から閂《かんぬき》がかかっている。弔問客らしい人の出入りもなく、五郎左衛門の死はまだ伏せられているらしい。

——ご遺体は、まだ戻ってないのかしら？

こんな小さな入り口から、主の遺体を運び入れることはなかろう。

「……入れるとしたら、お店のほうから」

だが、昼日中に遺体を運んだ荷車を店の前に横づけなどしたなら、それこそ今ごろは騒然としているはずである。何ごともないように、しんと静まり返っているほうがむしろ不思議である。

——まだ、報せすら届いてないのかしら？

いや、それはない。奉公人たちの様子で知れていることだ。家人の間で、緘口令《かんこうれい》が布《し》かれているのだ。そんな思いが、音乃の頭の中を駆け巡る。

「……この中に入りたい」

高い塀を見やりながら、音乃はそんな衝動に駆られた。だが、探るにあたり、店と同じ手段は使えない。

「お茶屋さんに……」

見せ金でもってきた一両は、茶屋に預けたままで今は手元にない。ほかの手を打とうかと考えているところに、内側から引き戸の開く気配がした。咄嗟《とっさ》に音乃は、塀沿いに数段重ねられた天水桶の陰に隠れ、屋敷の中から出てくる人の姿を待った。

「おや、あれは？」

音乃に見覚えのある顔だ。今さっき、相対した番頭なのでよく覚えている。菓子折りが入ったような四角い風呂敷包みを抱え、天水桶に向かって歩いてくる。供はついていない。大高屋の屋号が染め抜かれたお仕着せの半纏ではなく、夏向きの、絽《ろ》の小袖に紗《しゃ》の羽織を纏《まと》い、身支度は整っている。

その足は、急いでいるようだ。屋敷に入るか番頭を尾《つ》けるか、一瞬で判断しなくてはならない。

──番頭さんの行き先が、鍵となりそう。

そんな予感が、音乃の脳裏をかすめた。

隠れている音乃の前を通りすぎると、通りへと出た。音乃は、十間ほど間を置いて、番頭のあとを尾《つ》けた。

目抜き通りに出ると、東海道に向かう南に道を取る。

尾張町《おわりちょう》から新橋《あたらしばし》を渡り、芝に向かう。芝口《しばくち》から源助町《げんすけちょう》の辻を右に入ると、すぐに周囲は閑静な武家屋敷町となる。愛宕下《あたごした》の大名小路《だいみょうこうじ》へと向かう、大名屋敷が建ち並ぶ道である。

途中、振り向くこともなく番頭は真っ直ぐ前を見据えて歩く。音乃はこのあたりに土地勘があった。かつての事件で、たびたび来たことがある。

「……行く先は、お大名家のお屋敷かしら？」

薬師《やくし》小路と名がつく道に入り、しばらく行ったところで番頭は立ち止まった。大名屋敷の、表門の前であった。番頭は、門番と一言二言話をすると、許しを得たか脇門から屋敷の中へと入っていった。

両側に建つ広大な屋敷と比べたら、敷地は狭そうである。領土の石高でもって、上屋敷の広さが異なる。その広さから一、二万石程度の小藩とうかがえる。だが、門構えと屋敷を囲む長屋塀は、普請を施したばかりの立派な造りである。

「……ずいぶんと、裕福そう」

近づいてよく見ると、新たに建てたのではなく、修繕が施されたようだ。それだけでも、財政に潤いを感じる。

大高屋が御用両替商として出入りする、大名家と見て取れる。

音乃はさっそく近在の番所で、大名家のことを訊ねた。そこで、讃岐は満濃山藩、石高一万の外様大名。藩主は、肱川豊後守輝盛であることを知った。

「ご主人が亡くなった日に、大名家を訪れる理由《わけ》って……何？」

音乃に大きな疑問が、西の空にもくもくとそびえる入道雲のように湧き上がってきた。

「番頭さんが抱えていた、あの風呂敷包みの中身って……？」

中身が何かと、音乃に知れるわけがない。それが大きな意味をなす物と思ったちょうどそのとき、西の彼方《かなた》から雷鳴の轟く音が聞こえてきた。

「……風雲急を告げそう」

あと四半刻もしたら空は暗雲に覆われ、音乃は夏の嵐に巻き込まれる。音乃はこの一連の出来事を、この日の天候になぞらえて呟いた。

満濃山藩の上屋敷の中で、次のようなやり取りがなされていることを、むろん音乃が知る由もない。

客間に通された大高屋の番頭と向かい合っているのは、肱川家江戸家老安岡治衛門であった。

「持参いたしたか？」

「はい、これに」

番頭は、持ってきた風呂敷包を畳に滑らせ、安岡の膝元に差し出した。それは、束《つか》を太糸で綴じた書付け帳であった。安岡は読むともなしに、パラパラと丁をめくった。

「ずいぶんと、集めたものだな」

独り言のような口調で、安岡が口にする。安岡が見ているものは文章ではない。上段に名が連なり、その脇に所在地が書かれ、一番下に数が書かれているだけのものだ。

連なる数は、ゆうに百名は超えている。

　大きな数は三千、小さな数でも三百。中には六百とか、九百、それと千二百というものもある。みな三で割り切れるが、総じて三百という数が多い。その下に数が意味する単位はないが、両とつくのがうなずけるところだ。

「ところで、庄衛門《しょうえもん》……」

　帳を閉じたところで、安岡が番頭に話しかけた。大高屋の番頭の名は、庄衛門と言った。

「はい」

「主の五郎左衛門のほうは、うまく始末したようだな」

「はい。昨夜のうちに、ご家来さまの手を借りて……うまいことに、下手人は船宿の主ということになったそうで」

「よし、それでよい。家の者や奉公人たちには、抜かりなく話してあるだろうな」

「はい。出資人たちの取り付け騒ぎが起きてはまずいと、ご家老様から指示されましたように、念には念を入れて厳重に口を封じてあります」

「よし。ならばこれから、事のあと始末に入るでな」

「あと始末とおっしゃいますと？」

「いや、こっちの話だ」

「書付け帳は、お返しいただけるので？」

「もう、その必要はない。こんな物が残っていたら、大変なことになる。まずは、大高屋を潰《つぶ》すのでな」

「えっ、今なんと……？　ご家老様、そこまでは聞いておりませんが。大高屋の身代《しんだい》は、手前にとおっしゃっていただけたはず」

「そんなこと、申したかな？」

「お惚《とぼ》けなされては困ります。主五郎左衛門の後釜……えっ、まさか手前を謀《たばか》ったと？」

「おい、番頭。きさま誰に向かってそんな口を利く、この無礼者めが！」

安岡の大声が合図であった。一方の襖が開き、家来が六人抜刀してなだれ込んできた。

「ここで斬るのではない、客間が汚れるだろうが。庄衛門はこれから目の上の瘤《こぶ》になる。それと、まだ聞いておきたいことがあるのであとで始末をする。それまで、座敷牢に放り込んでおけ」

「なんと、無体《むたい》な……」

家来たちに体を押さえつけられ、庄衛門は力なくも一声あがいた。

「早く、連れていけ」

「はっ」

六人の手で、担《かつ》がれるように庄衛門は連れ出される。

「あとは口封じに、一人ずつ削っていけばよい。他人《ひと》を騙すなど、簡単なものだ」

家老の安岡は独りごちながら、綴られた書付けの丁を再びパラパラとめくった。

「これで当家も安泰どころか、あわよくば殿は若年寄から老中までに出世なされるってか」

安岡がほくそ笑むところに、家臣の声がかかった。

「久松《ひさまつ》様がおいでなさりました」

「お通しせよ」

襖が開くと、恰幅のよい武士が一人入ってきた。

「ご老中《ろうじゅう》が店仕舞いをしろとおっしゃってたが、抜かりはないか？」

「大高屋さえ潰せば、すべては闇の中へと。今は大高屋には五郎左衛門の死をひた隠しにさせてます。仕上げは時を見計らい、一気に取り付け騒ぎを起こさせれば、もう跡形もなくなります。肱川家の家名が外に出ることもなく、案ずることは何もございません」

安岡が、自信漲《みなぎ》るように、手はずを説いた。

「それにしても、よくぞ十万両なんて集めたものだなあ」

「それもこれも、ご老中様の後ろ盾があってのこと。それと、橋渡しをしていただきました、幕府勘定奉行であられる久松様の、ご尽力の賜物によるもの」

「拙者は、何も尽力はしておらんよ。ただ、ご老中から御家との間を取り持ってくれと頼まれただけだ」

「大いに助かっております。それで最後に、大高屋を通さず宇月藩坂脇家《うづきはんさかわきけ》から、三千両が入る手はずになっております」

「まだ、掻き集めているのか？」

「これが、本当に最後。行きがけの駄賃ってものですかな、久松様にもまとまったお礼というものを、差し上げんといかんですからの」

「そいつは、すまぬな。ところで、いつから金は掘り出すのだ？　本坑の工事はもう着工しているのであろう」

久松が問うも、安岡はすぐに答はしない。少し、考える素振りがあって、おもむろに口にする。

「いいえ、掘り出しません。実は、あの金石《きんせき》は贋物《にせもの》でして。それもこれも、ご老中様への賂《まいない》と、御手伝普請の供出のために画《か》いた絵空事でござります」

安岡はここが潮時《しおどき》とばかり、騙《かた》り話と打ち明けた。

「なんだと！」

すべては詐欺《さぎ》と初めて知った、幕府勘定奉行久松の驚く顔が向く。

「それにしても、よくもそんな偽りの狂言を思いついたものだ」

「こんな騙り話に、ご老中様は六万両で乗っていただきました。もっとも、そのうち三万両は荒川修繕御手伝普請に取られましたがな。これでご老中、いや幕府と当家は一蓮托生《いちれんたくしょう》……」

肱川家では、逃げ道も考えていた。

「それでも、四万両は御家に……」

「いえいえ、とんでもない。これにかかった出費は膨大でしてな。当方の儲けは、微々たるものです」

「ご老中は、お褒めになるだろうぞ。無から十万両を作り出した肱川様の手腕は、幕府にぜひにも必要だとな」

してやったりと、薄笑いを浮かべた安岡の顔が久松に向いている。

話の中に老中の名は出てこない。満濃山藩江戸家老と幕府勘定奉行の、内密の話は音乃には聞こえてこない。大高屋の番頭庄衛門が、上屋敷の中に入ったまま出てこないのを知らず、音乃はその場を立ち去った。

二

空が、暗雲で覆われている。

雷鳴も、近くで轟くようになってきた。音乃は、銀座町あたりまで戻っていた。ポツリと大粒の雨が一滴、音乃の額を打ったと同時に、耳をつんざくような雷鳴が稲光と同時に轟いた。

「いけない」

雨具を持たない音乃は、道端に駆け寄り商家の軒下に身を移した。それと同時に、篠《しの》つく豪雨となった。危うくずぶ濡れから難を逃れた音乃は、ふと軒下に掲げられた看板を見やった。そこには『金細工　金尻屋』と書かれてある。

「奇遇って、こういうこと」

音乃は屋号に覚えがあった。『――金細工を施した物品を扱う『金尻屋』の主……』

と、加和太郎から聞いたばかりである。それから、一刻も経っていない。

屋根から落ちる雨垂れの雫《しずく》が跳ねて、小袖の裾を濡らす。音乃はその足を、店の中へと踏み入れた。

「いらっしゃいませ。お簪《かんざし》ですか？」

若くして面相の整った、手代風の男が音乃に声をかけてきた。女性を相手にすることが多い商いなので、八人ほどいる奉公人は美男がそろっている。さすが、江戸一番の洒落《しゃれ》街銀座である。

店の中は、金や銀を使った細工物が、ずらりと並べられている。幕府から金取り扱いの許可を受けている、業界の老舗《しにせ》であった。『大奥御用達《おおおくごようたし》』と書かれた木札が、太柱に、これ見よがしに掲げられている。大奥にも簪や帯留《おびどめ》などの金銀細工の品物を卸す、かなりの大店《おおだな》と見受けられる。銀座町に店を構えるだけあって、店の内装も品があって見栄えがよい。簪の一本も買いたかったが、懐には一文も入っていない。茶屋に一両小判を置いてきたのが、音乃には悔やまれた。

飾りを買いに店に入ったのではない。また、雨の飛沫《しぶき》を避けたのでもないと、音乃は気持ちを一つにした。

「ご主人の、加和太郎さんはおられますでしょうか？」

「主に、どんなご用で？」

名を出したことで、向き合う相手はむしろ音乃をよくは思っていないようだ。音乃の様子をまじまじと見やる。語調からして、加和太郎の妾か何かと勘違いをしていそうだ。

「音乃と申しますが、旦那さまにちょっとお話が……」

うまく取り入る言い訳が浮かばない。こういう場合は、真正面からいくに限る。

『騙された……』と呟いた、加和太郎の言葉を思い出す。

「ご身代に関わる、大事なお話でございまして」

「なんですって。いったいどういうことで……？」

「旦那さまに、直《じか》にお話しします。いるのですか、いないのですか？」

音乃の口調が、荒くなった。キリッと口元を引き締め、眼光鋭くすれば、奉公人も怯《ひる》む。

「少々お待ちください」

店から奥に入り、さして時をかけずに戻ってきた。

「出かけてまして、まだ戻ってきてないようです」

「左様ですか……」

茶屋を出ていったときの加和太郎の様子が、音乃は気になっていた。だが、細かな事情が分からぬ今、ここでそれを言うわけにはいかない。

金尻屋の奉公人たちが、主人が置かれている窮状をどれほど知っているか。音乃の頭の中は、そこに向いた。

「でしたら、番頭さんはおいでになられますか？」

「少々、お待ちを」

初めのあしらいとは、丁重さがまったく違う。少し間が空き、奥から三十代半ばと見られる女が姿を現した。

「私が、番頭を仰せつかっておりますが……主に何か大事なお話がございますとか？」

目元涼しく鼻筋が通り、音乃に負けず劣らずの美形である。口元もキリリと締まり、頭のよさと育ちのよさが感じられ、上品な佇《たたず》まいである。そして、全体から漲《みなぎ》る精気は、女番頭も伊達《だて》でないことを感じさせた。

「突然のうかがい、申しわけございません。わたくし音乃と申しまして、霊巌島に住まいし、今は亡き夫北町奉行所定町廻り同心巽真之介の家内でございます」

やくざの仁義のような口上を述べた。

「今は亡きと言いますと？」

「はい。およそ二年前に夜盗の凶刃に倒れまして……」

「左様でございますか、それはお気の毒に。そうでした、私の名を言っておりませんでしたね。皐《さつき》と申しまして、五月を意味する漢字一文字でございます」

応対がてきぱきとして歯切れがよい。むしろ加和太郎よりこの人ならば、何か知れるかもしれないと音乃は踏んだ。

「手代から聞きましたが、何かこの店の身代に関わることとか？」

「はい。先ほどご主人の加和太郎さまとお会いしまして、少々お話をしたのですが……」

「店先ではなんです。お上がりになっていただけますか？」

大事な話と受け取ってくれたか、皐が音乃の言葉を遮った。

「米吉《よねきち》さん、足を拭くものをご用意して差し上げて」

雨の雫がかかり、音乃の足元が濡れている。

――細かいところに気がつくお方。

音乃は、皐をそう評価した。

六畳の部屋の中ほどで、音乃と皐は正座をして向き合った。

「ここでしたら、誰にも聞かれることはございません。大事なお話のようですので、お茶はご勘弁ください」

「どうぞ、お気遣いなく」

「さてと、主《あるじ》と何をお話ししたのか、お聞かせいただけませんでしょうか？」

皐の、さっそくの問いであった。その表情から、女番頭の皐にも心当たりがあるらしい。

「番頭さんは、大高屋さんという両替商をご存じでしょうか？」

名を言うには失礼と、音乃は役職で呼ぶことにした。

「はい、もちろん。本両替の大店ですが、それが何か？」

その受け答えに、音乃は小さく首を傾けた。皐の口調から、取引きがあるとは思えなかったからだ

「金尻屋《こちら》さんとのお取引きはございませんので？」

「ええ。手前どもの本両替商は三井屋《みついや》さんでして、銭の交換をする脇両替屋は、吉徳屋《よしとくや》さんと決まってますから」

「すると、大高屋さんとは？」

「これまで、一両の両替もしたことはございません」

ふーんと鼻から息を吐いて、音乃は考え込む。その仕草を、訝《いぶか》しげな面持ちで皐が見やっている。

「大高屋さんが、どうかされましたか？」

皐の問いで、音乃は語る踏ん切りがついた。

「実を申しますと、ご主人の加和太郎さんとはその大高屋さんでお会いしまして……」

「えっ、大高屋さんでですか⁉」

皐の驚き方が、音乃にとっては意外であった。何か、含みがあると感じる。

「実は……」

音乃は、大高屋であった経緯を語った。そして、茶屋でのことを言葉で再現した。

「何か、大変に気落ちしたご様子で茶屋を出まして。それで、今だに戻られていないそうですね」

「ええ。いささか、心配でございます」

唇を嚙み、下向きになって皐が苦渋の表情を示す。

「騙された……と呟いておられましたが、番頭さんに何か心当たりがございまして？」

ここぞとばかり、音乃は核心を突いた。

「…………」

しかし、皐からの答がない。

「騙されたとは、どういうことでございましょう？」

さらに、突き詰める。

「音乃さんとは、関わりのないことです。そこまで、お話しすることもございませんでしょう」

皐が言うのももっともである。余計なお世話と取られても仕方ない。

――ちょっと、出過ぎたか。

勇み足だったかと、音乃は自らを詰《なじ》った。

「番頭……いえ、皐さん。わたくしの話を聞いていただけますか？」

やはり順序が必要と、音乃は最初の経緯から語ることにした。それは金尻屋の番頭としてではなく、皐個人に向けてのものとした。

「私でよろしければ、お聞きしましょう」

音乃の心根を知ったか、皐は居ずまいを正して聴く姿勢を取った。

音乃の話は、四半刻におよんだ。

屋根を叩く雨音は、次第に小さくなっている。雷鳴も、遠ざかっているようだ。

「……そういうことで、恩義ある船宿の親方を救うために動いているのです」

むろん、北町影同心の立場は秘しての語りであった。

「そうでしたか、大変ご苦労さまのことで。それで、船宿のご主人が捕らわれたことと、手前の主の呟きが関わりあると、音乃さんはおっしゃるのですね？」

「はい。そこに、両替商の大高屋さんが絡み……」

音乃は、今しがた行った大名家のことは伏せておいた。まだ、関わりがあるかどうか分からないからだ。

「旦那さんが言った騙りというのを、皐さんはご存じなのでございませんか？」

「ええ、なんとなく……」

「なんとなくでもよろしいですから、教えていただけませんか」

音乃は、膝を繰り出して皐に詰め寄った。

「ちょっと、お待ちください」

言って皐は立ち上がった。しばらく待つと、皐は紫の袱紗《ふくさ》に包まれた物を持ってきた。それを膝元に置いて、袱紗を開いた。

中には、拳大《こぶし》の石が入っている。赤褐色《せきかっしょく》の、なんの変哲もない石の塊に音乃の首が傾いだ。

「手にとってご覧ください」

言われると、音乃は両手で石をもって見やった。すると、百目蠟燭《ひゃくめろうそく》の光に反射して小さく光る粒が散らばって見えた。

「何か、光る物が……」

「金鉱から採掘した金石《きんせき》で、小さく光っているのが金なのです」

「へえ、初めて見ました。これが、金石なのですか」

矯《た》めつ眇《すが》めつ、音乃は石を見つめている。

「音乃さんは、佐渡《さど》とか甲斐《かい》の金山ってご存じですよね」

「はい、もちろん。行ったことはございませんが」

「一年ほど前に、佐渡と劣らぬほどの金の大鉱脈が発見されたらしく……これは絶対に秘密になさってください」

皐は念を押し、そして声音が小さくなった。その分、体を前屈《まえかが》みにさせる。音乃も倣《なら》って、上半身を前に傾けた。

「この石が、そこから採掘された金石なのです。金を多く含む石で、これほどの物はどこにもございません。ええ、佐渡の石などこれに比べたら、かす石です」

とまで言い切る。だが、どこで採取されたのかは極秘とされているらしい。

「それだけに、幕府に通すと全て取り上げられてしまいます。ここは絶対の内密でと……しかし、採掘するのには莫大な資金がかかるらしいのです」

資金と聞いて、音乃はなんとなく分かる気がしてきた。それでも耳は、皐の口に向けている。

「そのお金を、お武家や財力のある商人から取り込もうということになったらしいのです」

音乃の頭の中で、ぼんやりと背景が浮かんできた。

「金尻屋は金や銀を扱う店ですので、当然に話が舞い込みます。公《おおやけ》にできない金ですが、闇で捌《さば》くとかなりの儲けが見込まれると。幕府に露見したらどうなるかと見《み》境《さかい》もつかず、主《あるじ》は欲のほうが先に立ちました。私は猛反対したのですが……反対してもあの勢いですから止められず、自分で資金を投げ打つと同時に、投資者を募っておりました。どうやら自らは、三千両ほど出資しているようです」

「お店から、資金が出されたのではございませんので？」

「あとで帳簿を調べてみますが、おそらく大きな穴が空いているものと。調べるに、気が重くなってしまいます」

ため息混じりに、皐は口にする。三千両ともなれば、かなりの大店ですらも屋台骨を揺るがすほどの大金である。主の加和太郎を問い詰めるのに、かなり難儀するだろうと、音乃は皐の心情を思いやった。

「ちょっと、気になることがあるのですが……」

「どんなことでしょう？」

音乃の問いに、皐はうな垂れた顔を上げた。

「これほどの金石が手元にございますのに、なぜに旦那さまは騙されたと言ったのでしょう？」

「さあ、それはなんとも」

皐が、首を傾けて考えている。加和太郎に訊かなくては分からないことだと、音乃はその問いを自らの脳裏に収めた。

「金鉱採掘の話は、どちらから持ち込まれたのでしょう？」

「絶対の秘密ということで、どことは聞いておりませんし、教えてもくれません。もっとも、主もどことは知らないのかもしれません。それはそうでしょうね、幕府に露見したらすべてが水の泡になります。闇の儲け話というのは危なくもありますが、その反面利益は多大なものがあります。そんなものに、誰もが目が眩《くら》むのでございましょう」

皐が首を振って語るところは、本当に知らないようだ。

音乃は薄々感づくところがあった。大高屋の番頭が入っていった、大名家の上屋敷である。それを語るには、まだ証しがないし、やたらと騒がれてはこの先がやりづらくなる。満濃山藩肱川家のことは、自分の胸に納めることとした。

「それで旦那さまは、いつごろお戻りになられます？」

音乃は、話の矛先を変えた。

雨音はしなくなり、雷鳴も遥か遠くに去っていったようだ。夕七ツが近くなっている。これから霊巌島に戻って、丈一郎と梶村のところに行かなくてはならない。こちらも権六を救うための、大事な用事である。

「普段なら店にいるのですが……どこかで、雨宿りでもしているのでしょう」

四半刻待って加和太郎が戻らなければ、おいとましようと音乃は思った。それから四半刻、皐を相手に金の話などして過ごしたが主の戻りはなかった。

「あすにでも、またうかがいます。この件は内密で探りますので、どうかどなたにも伏せておいてください」

「主にもですか？」

いつの間にか、音乃が指図する立場になっている。

「はい。明日の朝、もう一度わたしがまいりますので、ご一緒に仔細をお聞きしましょう。旦那さまを、引き止めておいていただけますか？」

明日の朝、加和太郎から直《じか》に聞き出そうと音乃は来訪を約束した。

「はい。分かりました」

皐が、音乃の言葉に従った。

三

金尻屋を出ると、すっかりと雨は上がっていた。

夕七ツを報せる鐘の音が、遠くから聞こえてきた。東の空には、七色の虹がくっきりと浮かんでいるも、見とれている暇はない。

水溜りを避けながら、音乃は大通りから霊巌島へと向かう。京橋から通称桜川《さくらがわ》沿いを歩き、八丁堀《はっちょうぼり》を通って戻るつもりであった。途中、京橋手前の茶屋で一両のお釣りをもらうことは忘れない。

「ごめんなさい、大きなお金でお支払いして……」

「それはよろしいのですけど、取りに来ないと思ってましたのに」

茶屋の娘が、残念そうな顔をして言った。

「とんでもない、一両あれば一月《ひとつき》は暮らせますもの」

音乃は、笑みを顔に含ませながら口にした。

「まったくですね。あたしなど、一両小判なんか滅多に見たことございません」

江戸に住むほとんどの人は、一両にどれほどの重みを感じているのか。それを茶屋の娘が、一言で物語った。

――三千両を騙し取られたと知ったら……。

音乃は、急に胸騒ぎを覚えた。それが、茶屋を出たと同時に現実となってしまうとは、さすがに音乃も想像がつくものではない。

音乃が、お釣りを受け取り茶屋から出たところであった。

京橋の、橋上の様子がおかしい。

「人が飛び込んだぞ！」

そんな怒鳴り声が、音乃の耳に入った。

「もしや！」

いやな予感が、音乃の脳裏をよぎった。

急いで駆けつけ川面を見やると、見覚えのある柄《がら》の小袖を着込んだ男が、川面で手足をじたばたさせている。浮き沈みする顔をよく見ると、それは金尻屋の加和太郎であった。

「いけない……」

音乃は飛び込み、加和太郎を救おうとするも、すぐに思い止まった。文武に優れた才能を発揮する音乃であったが、一つ苦手なのは泳術である。自分は金槌《かなづち》であることを、自覚している。音乃の代わりに数人の男が飛び込み、溺れる加和太郎を救った。生きているとの声が聞こえ、音乃はほっと安堵を憶えた。

川に飛び込んだ、おおよその理由は分かっている。音乃は、加和太郎が引き上げられた北岸の船着場に下りた。

「このお方は、銀座で店を出す金尻屋さんのご主人です。寄り合いに出て昼酒を呑んで酔っぱらい、誤って川に落ちたみたい。どなたか、金尻屋さんに報せに行っていただけませんか？」

番屋に報せられて、下手《へた》な噂が立ってもまずいと、音乃は真相を曲げて言った。

「あんたさんは？」

加和太郎を引き上げ、ずぶ濡れとなった職人風の男が問うた。

「親しい者ですが、急ぐところでございまして。申しわけありませんが、どなたかそっとお報せいただければ……」

お願いしますと、音乃は深く頭を下げた。

「よし分かった。こんなべっぴんから頼まれちゃ、いやとは言えねえ。おれが行ってきてやる」

飛び込んで加和太郎を助けた、もう一人の若い男が買って出た。

「ありがとうございます。でしたら、皐さんという女の番頭さんがおりますので、その方に直《じか》にお伝えください。音乃からと、言っていただければ……」

「おい、気がついたぞ」

音乃が語る最中に、加和太郎は意識を取り戻した。何ごとがあったかと、首を左右に振っている。

「旦那さま……」

音乃の声掛けに、驚いた顔をしている。

「このお方たちが助けてくださいましたの。もう、大丈夫ですわよ」

「すまなかった」

加和太郎の声に、力が宿っている。命のほうは、これで一安心である。

「でしたらわたしと一緒に、お店に戻りましょ。番頭の皐さんも、待っておられますことよ」

「えっ、皐が？　なんで、あんたが……」

「今しがた、お会いしてきました」

加和太郎だけに聞こえるように、音乃は声音《こわね》を落とした。

「おおよそのことはこれから……ですから、早まったりはしないでください」

「ああ、分かった。わしはもうだいじょぶだから、一人で帰れる」

「でしたら、お聞きしたいことがございますので、明日の朝お店にうかがいます。そして、力を合わせて一緒に立ち向かいましょ」

「すると、あんたは？」

「ええ。なんとなく……ですが、これからが大変なのです」

みなまで言わなくても、加和太郎には音乃の言いたいことが分かっているようだ。

「ああ、そうだな」

ここまでは小声であった。

「飛び込んで、酔いが覚めましたでしょ。まったく旦那さまは、しょうがないのですから」

話の用件は済んで、音乃は周囲に聞こえるように大きな声で言った。

加和太郎が立ち上がると、多少よろけてはいるが、歩くに支障はなさそうだ。着物が濡れたまま大通りに出ると、加和太郎は南に向けて歩いていく。しばらく加和太郎の背中を見やり、これならば案ずることなしと音乃は京橋を渡っていった。

いろいろなことが、次々と起こる。

少なくとも、権六が捕らえられたのと、金尻屋で手にした金石《きんせき》はつながりがあるようだ。どうやら、権六とお登勢の喧嘩の種となった三百両も、同じ性質のカネと見て取れる。そこに両替商大高屋五郎左衛門の殺しが絡み、果ては讃岐の満濃山藩肱川家が浮かんできた。

たった半日で、これだけのことを知れたのは音乃にとって収穫であった。しかし、今は、絶対に外に触れ回るわけにはいかない。

「……もしかしたら権六親方は、金脈のことで黙んまりを決め込んでいるのかも？」

うなずけることだと、音乃は得心したかのように小さくうなずいた。

「だとすれば……」

音乃が一番恐れるのは、権六が、金鉱採掘の闇資金に関わっていることだ。それが露見したら、殺しの罪も重なり、打ち首獄門は免れないだろう。

権六を救い出すのに、いくつ大きな山を越えなくてはならないのか。そんなことを考えているうちに、音乃は家の前に着いた。

雨上がりの、夏の日射しは西から降り注いでくる。蒸し暑さに、音乃は額から流れる汗を手巾《しゅきん》で拭き取り、巽家の遣戸を開けた。

「ただいま戻りました」

三和土《たたき》に立って、奥へと声をかける。すると丈一郎が、速足で廊下を蹴って奥から出てきた。

「おう、音乃か。待っていたぞ、さあ上がれ」

「足が汚れておりますので」

「そんなことはかまわん。あとで、拭いておけばよいことだ」

女としてのたしなみでもある。そうはいかないと、音乃は汗を拭いた手巾で、足の汚れを落とした。

「何かございましたでしょうか？」

興奮気味の丈一郎に、音乃は落ち着いた声音で訊いた。

「お登勢の居どころが分かった。やはりお昌に心当たりがあってな、今源三がそこに行っているところだ。連れて戻るように言ってある」

「どちらにおられました？」

「押上《おしあげ》は小梅村《こうめむら》に、お登勢の幼馴染《おさななじ》みがいる。髪結いで親しいお昌にだけ、行き先を教えておいたそうだ。権六が一大事だと言ったら、お昌も黙っているわけにもいかんだろ。家出はなーに、ちょっと拗《す》ねて権六への当てつけだったらしい。それにしても、出てってから二刻以上も経っているのにまだ戻らんな。何を手間取っている？」

ちょっと遅いと、丈一郎が首を傾げた。

「夕立のせいではないかしら」

丑寅《うしとら》の方角の空が、暗くなっているのを音乃は見てきた。

「そうか。今ごろ押上あたりは、大雨かもしれんな。それにしても、凄い雨だった」

「そのおかげで、いろいろなことが知れました」

「ほう、さすが音乃だな。何があったか、さっそく聞かせてはくれんか？」

「それが、大変なことに……」

音乃の声音が落ちた。

「ほう、どんなことだ？」

「お大名が絡んでいそうな……」

音乃が語りはじめようとしたところで、戸口のほうから声が聞こえてきた。

「ごめんくださいまし……」

源三の声ではないが、音乃には聞き覚えがあった。

「どうやら梶村様から……」

音乃が、立ち上がりながら言った。

「そのようだな」

音乃が戸口に出向くと、三和土に与力梶村の使いである又次郎《またじろう》が立っている。

「殿が、急ぎお越しくだされとのことです」

こちらから出向くつもりが、向こうからやって来た。急な呼び出しは、音乃と丈一郎に新たな密命を下すためと心得ている。しかし、今は権六のことに取りかかってている。公と私を同時にこなさなくてはならないかと、音乃は気持ちに重みを感じていた。

源三を待たねばならないが、梶村のほうも急がなくてはならない。

「一緒に出向くことはなかろう」

丈一郎の判断であった。

音乃が梶村のところに行き、丈一郎は源三を待つことに話が決まった。身形《みなり》を整え、音乃だけ戸口に向かった。すると、使いの又次郎が言う。

「あのう、巽様とご一緒に来られたしとのことです」

丈一郎にそのことを告げると、

「おれもってか？　相当大事な話のようだな。源三のことは、律に任せよう」

夕食作りに余念のない律を、炊事場から呼んで丈一郎は事情を語った。

「かしこまりました。そろそろ船頭さんたちが来るころ、夕餉《ゆうげ》の仕度《したく》も調《ととの》いましたし、あとはお任せください」

律の応対は心強いと、音乃は気持ちがいく分楽になるのを感じた。

四

霊巌島から、亀島川を渡ればそこが八丁堀である。亀島橋から二町ほどのところに、筆頭与力梶村の屋敷がある。

北町奉行榊原忠之の密命をもたらすのが、梶村の役目であった。前回の呼び出しから半年近くが経っている。梶村とは、久々の目通りである。

奉行所には、音乃たちが携わるような秘密を要する事件はそうそうあるわけではない。それだけに、下される密命は厄介な事柄ばかりである。音乃と丈一郎は、私事で権六の事件を抱えている。そこに公儀の密命が重なることになる。

梶村の屋敷に行くまでの道、音乃はずっと考えごとをしていた。いつもなら、歩きながらも語り合うのだが、今はそれがないのを丈一郎は訝《いぶか》しがった。

「どうした、音乃？　ずっと考えているようだが……」

「お義父さま。もしお奉行様からの密命が下されたとしましたら、権六親方とどちらをお選びになられます？」

「ん……？　言ってることが分からんな」

「影同心のお役目が大事か、親方を救うほうが大事かということです」

「なんとも難しい問いを投げかけてきたな。音乃なら、どっちだ？」

「わたくしも今、それを考えていたところです」

場合によっては、究極の選択を迫られることもある。音乃は今、その淵《ふち》に立たされているのを感じていた。

「でも、わたしは決めました」

「どっちだ？」

「権六親方のほうです」

きっぱりと、決めつけたように音乃は答えた。

「ほう、どうしてだ？」

「お奉行様からどんな密命が下されるか分かりませんが、それがどれほど幕府にとって大事でありましょうが、権六親方の命には換えられません。それにお登勢さんや源三さんをはじめ、船頭さんたちのことを考えたら、その恩義は海よりも深いものがあります。それに舟玄の方たちがいなかったら、影同心も成り立たないものと」

「よくぞ言ったな、音乃。考えたら、とても比較になるものでもない。梶村様からどんな密命が下されようが、今回は丁重にお断りして、権六を救うことに全力を注ぐことにするか」

「お義父さまにそう言っていただき、ほっといたしました」

「ところで音乃、権六はどんなことに関わっていたのだ？」

「なんですか、ややっこしいことになってきまして」

丈一郎だけには語っておきたかったが、その間《ま》がまったくなかった。

「ややっこしいことだと？」

「はい。親方は、大変な事に関わりをもっているようで」

「大変な事ってなんだ？」

丈一郎に理解させるまでの時がない。そんな問答をしているうちに、梶村邸の門前に立った。勝手知ったるところだが、又次郎の導きで屋敷内へと入った。

これまで、いく度も来た梶村の書斎へと通された。梶村が家に持ち帰って仕事をする部屋だが、相変わらず文机《ふづくえ》の上は、雑多に書類が積み重ねられている。

少し待たされ、部屋着に着替えた梶村が入ってきた。

「すまぬな、急に呼び出したりして」

呼び出されるのは、いつも急にである。そうは思っても、音乃と丈一郎は口には出さない。

音乃と丈一郎が並んで座り、半間ほど離れて梶村が向かい合ういつもの光景である。このときの梶村は仏頂面《ぶっちょうづら》で、笑いというのを見たことがない。

「それで、こたびはいかようなことで……？」

一応梶村の話を聞いてから、土下座《どげざ》してでも断るつもりであった。

「押し込み事件の探索が、お奉行からつかわされた」

「でしたら、町奉行所のお役目では？」

「ならば、そなたたちを呼んではおらん」

丈一郎の問いは、軽くいなされる。

「左様でございました。つまらぬ問いを……」

「まあ、よい。たしかに押し込みと聞けば、ならず者たちの犯行と受け取るよな。だが、こたびはちょと相手が違う」

「相手が違うと申されますと？」

一呼吸置く梶村に、音乃が問いかけた。

「押し込みに入ったのは、武士の一団ってことなのだ」

「お侍がですか？」

食い詰めた浪人が、徒党を組んで押し込み強盗を働くのはよくあることだ。ならば町奉行所も乗り出せるのだろうが、それとは事情が異なるらしい。

「先おとといの夜……」

梶村の口から、詳細が語られる。

三日前の夜、町木戸が閉まる夜四ツの半刻ほど前。とくに夏場は夜が短く、宵《よい》五ツ半ともなれば、冬場の真夜中にも匹敵する。江戸は、寝静まるころだ。

押し込みが入ったのは、日本橋にある『平野屋《ひらのや》』という米穀商の大店であった。米の買占めで、かなり大儲けをしているとの噂が立つ店であった。三千両が強奪されるも、人には危害がなかったのが幸いといえる。

店の者の話によると、盗賊は六人で徒党を組んだ武士だという。目だけを出した黒《くろ》覆面《ふくめん》で、面相は分からない。だが、身形《みなり》は小袖に襷《たすき》をかけ、平袴《ひらばかま》を穿《は》いて明らかにどこかの家臣と見られる着姿であった。腰に二本を差し、そろって大刀を抜いて家人、奉公人を脅しにかかった。

盗賊が引き取ったあとすぐに番屋に報せたが、相手が武士とあっては町方は手が出せない。事件は目付の手に委《ゆだ》ねられた。

「武士が商人の家に押し込み金品を強奪するなんて、滅多にないことだ。そうなると、探索は目付配下の徒目付《かち》や小人目付《こびと》が……」

「梶村様に、お願いがございます」

ここが申し出の機とばかりに、梶村の言葉を丈一郎が止め、音乃も畳に頭を伏せて拝した。

「どうしたというのだ、二人とも？」

「このたびの探索は、退《ひ》かせていただけませんでしょうか？」

こんなことを音乃に言わせることはできないと、丈一郎が畳に額を押しつけながら懇願する。

「退かせてくれだと？」

今頭を上げたら、梶村の顔面は真っ赤となって、仁王様のように怒り立っているだろう。

「はっ」

「はい」

「どうしたというんだ、二人とも。そうか、もしかしたら船宿の権六のことを思いやってのことか？」

「梶村様は、権六の件をご存じで？」

「調書《しらべがき》はもう、こっちに回ってきている。いいから頭を上げて、わしの話を最後まで聞け」

音乃と丈一郎は上半身を持ち上げ、とりあえず梶村の話を最後まで聞き取ることにした。その上で、再度懇願しようと気持ちを押さえた。

「どこまで話したかな？」

「探索は目付配下の徒目付や小人目付が……というところだったと」

「本来ならば、その者たちが乗り出すことになる。だが、それをしないところに、このたびの密命の根の深さがある」

権六のことは心根に留めて、音乃と丈一郎は居ずまいを正した。そして、音乃が問う。

「お目付様は、どちらさまでございますでしょうか？」

「音乃もよく知る、天野《あまの》様だ」

事件が目付である天野又十郎《またじゅうろう》に回れば、事によっては大目付の井上利泰《いのうえとしやす》から北町奉行の榊原忠之を介して、音乃のもとに来るのは一連の流れとして考えられる。幕府の要職の中で、この三人は盟友としてとらえられている。

「その盗賊たちがどこかの大名家と関わっているかもしれないと、話が天野様から井上様に渡った」

「そして、お奉行様に話が下りたのでございますね？」

「音乃の言うとおりだ。なんだか、そういう形で来るものが多いな」

事件に大名家や高家《こうけ》が関わってくるとなると、目付や町奉行所では手が出せず、どうしても音乃と丈一郎にお鉢が回ってくる。また、そのために影同心として存在しているのである。北町奉行所の中で、音乃たち影同心の存在を知るのは奉行の榊原と、筆頭与力の梶村しかいない。ほかに、薄々気づいている者もいようが、口に出す者は誰もいない。

「その下手人《げしゅにん》とやらを、明らかにせよとおっしゃるのでございますな」

「丈一郎は、簡単そうに言うが、けっこう奥が深いかもしれんぞ」

「奥が深いと申しますと？」

「何故に武士が商家に押し入ってまで、三千両もの大金を奪わなくてはならんかということだ。家臣が暮らしに困っての物盗りではなさそうだしな。大名家絡《がら》みとなると、その背後に何があるかが重要なのだ」

「もっともで……」

梶村の話に、丈一郎が手を顎《あご》に当てて考えている。

「どうだ。ここまで聞いて、まだ退き下がると申すか？」

梶村の問いに、音乃と丈一郎は困惑したように顔を見合わせている。

「そうか。まだ、考えあぐねているようだな。だったら、こう言えばどうかな？　この件には権六……いや、大高屋も関わっているかもしれんと言ったら」

「えっ？」

これには眉根を逆立てて、音乃も丈一郎も驚く表情を見せた。

「ここでは名は伏せる……というより、わしには教えてくれんかったがの。この一件にはどうやら、幕府の超大物への膨大な額の賂《まいない》が絡んでいるようなのだ。その実態がつかめず、かといって超大物の手前あからさまに探索することもできず、丈一郎と音乃に委《ゆだ》ねることにしようと、井上様と天野様、そしてお奉行の三者の鼎談《ていだん》の上で決まったことなのだ」

「ぜひ、やらせてくださいませ」

もう、断る道理はどこにもない。音乃が、一膝乗り出して言った。

「そうか、引き受けてくれるか。丈一郎は、どうだ？」

「音乃と同意でございます」

改めて、丈一郎の頭が下がった。

気を持ち替えて、音乃が問う。

「何か、下手人について手がかりになるようなものはございませんでしょうか？」

「顔が見えないことには、人相書きも作れんしな。ただ一つ、手代が聞いた言葉の中に一言『……しゃんしゃんとださんけに』ってあったそうだ」

「どちらかの方言と思われますが……」

聞いたことのない言葉だと、音乃は首を捻る。

「そんなんで調べたが、どうやら四国地方で使われる言葉らしい。早くカネを出せ、という意味のようだな」

梶村が説くも、音乃の頭の中は別のほうに向いていた。満濃山藩肱川家は、讃岐だと聞いている。

「平野屋さんの方たちが覚えているのは、それだけですか？」

「ああ。『しゃんしゃんとださんけ』という以外、ほとんど口を利《き》かなかったらしい。千両箱を三箱持ってこさせると刀を納め、速足で逃げていったということだ」

ここまでは、目付配下の者が調べたところである。

五

このとき、音乃に思い当たることがあった。

――金兵屋の皐も三千両と言っていた。

だが、まったくの偶然で根拠のないことである。心に留めるものの、頭の中ではすぐに消え去っていった。

考えが、権六一本に絞られる。

「探るに当たって、梶村様にわたしたちからお願いが……」

「権六の件か？」

「はい。権六親方は、人など殺せるお方ではございません。なにとぞ、ご放免のほどを……」

「放免とはまた、面と向かってきたな。だが、それはできん相談だ」

「権六親方は、源三さんがお世話になっている船宿のご主人で、わたしたちが探索の際は惜しみなく協力してくださる大切なお方でございます」

一歩も退かず、なおも音乃は食い下がる。

「それは分かっておるが、権六はまったく口を割らんそうだ」

言いながら梶村は、文机の上に載った調書の一冊を手にした。

「この日にあった捕り物の記録が書かれたものだ。家に帰って読み直そうともってきた」

家でも仕事をしなくてはならないほど、筆頭与力は多忙を極めていた。

「おう、ここに書かれている。霊巌島東湊町二丁目船宿舟玄亭主権六……」

途中まで声を出して読み、後は黙読となった。しばらく読んで、梶村の顔が音乃に向いた。

「本両替商大高屋主人五郎左衛門を絞殺した嫌疑で吟味にかけているが、これまでまったく無言を通していると書かれてある」

「はい。ですが、権六さんは絶対に人を殺《あや》めるようなお方ではございません。それは、天地神明に誓って申し上げられます」

音乃の、涙ながらの訴えであった。

「心情は分かるが、証拠も出揃っているようだ。無実であったら、なぜに自ら訴え出ようとしない？」

「それはなんとも分かりません」

「だろう。だから、音乃と丈一郎にはそれを探れというのだ。それと……」

梶村の口は、途中で止まった。

「それとって、いったい……？」

丈一郎が、梶村の言葉をとらえた。

「ならば言うが、権六は番屋の外に出さんほうがいいかもしれん」

「えっ、どういうことでございましょう？」

「音乃が言ったではないか。権六親方は、絶対に人を殺《あや》めないとな」

「それが、なぜに……?」

「だとしたら、ほかに下手人がいるはずだ。障子戸がはまった屋形船というのは、元来は、武家を乗せるものである。となれば下手人は武家とも考えられる。それに客が一人か二人なら、屋形船は出さんだろう。このくらいは、わしにも読める」

「そういうことでしたか」

「音乃には梶村様の言葉が、得心ができたか?」

「はい、お義父さま。今親方を放免すると、むしろ命を付け狙われて危ないものと。大番屋にいたほうが安全ってことでしょうか」

「そのとおりだ。大高屋を殺めた者たちを捜し出すのが、このたびの本来の密命かもしれん……ということだ」

梶村の語りで、音乃の中にぼんやりと光る物が浮かんでいた。それが、金石であるも、ここで話してよいかどうか音乃は迷った。

「そんなんで、すべての実態を洗ってくれ」

改めて、梶村を通して北町奉行榊原忠之の密命が下りた。それを聞いて、音乃はまだ金石のことを語るのを控えた。

――もっと証しをつかまないと、語るに尚早《しょうそう》。

音乃の肩に、大きな金の山がのしかかってきた。そんな気分にさせる、梶村の言葉であった。

「かしこまりました」

音乃と丈一郎は、再び畳に手をついて拝した。嘆願のためでなく、今度は仕事を請け負うためのものであった。

「一つおうかがいしても、よろしいでしょうか？」

音乃が頭を上げて、梶村に問う。

「権六親方が無言を貫き通すと、この後どのようなお裁きとなるのでしょうか？」

さしあたり、音乃が一番気になるところだ。

「一切《いっさい》黙秘とあらば、これは痛め吟味にかけても吐かせなくてはならん。大番屋から伝馬町の牢屋敷に移され、地獄の責苦が待っている」

それは手厳しい、算盤《そろばん》責めなどの痛め吟味と分かっている。

「だが、心配するな。音乃たちが探索に携わっている間は、吟味与力の滝沢《たきざわ》に、手心を加えるよう申しつけておく。ただし、猶予は十日と限る。そうでないと、周りに示しがつかんでな」

音乃は、梶村の言葉が探索を急がせる暗示と取った。

「はい」

「はっ」

音乃と丈一郎の返事に、力がこもった。


梶村の屋敷から出ると同時に、暮六《くれ》ツを報せる鐘の音が聞こえてきた。

霊巌島の自宅に戻る途中の、歩きながらの話である。

「驚いたな、音乃」

「今度の密命が、権六を救い出すものだとは思わなんだ」

「親方を救い出すこととあれば、力も入ります。究極の選択でなくて、本当に助かりました。それと、親方の件では少し猶予をいただけたのも幸いでした」

「だが、十日しかもらえんかったぞ」

「梶村様のお立場からすれば、それが目一杯なのでございましょうね」

「それでも、ありがたいと思わんといかんか」

あまりにも猶予が少ないと、丈一郎はふーっと大きくため息をついた。

「それだけあれば、充分でございます」

充分という根拠は何もなかったが、音乃は自分の気持ちに活《かつ》を入れるために口にした。

「ずいぶんと、自信がありげだな。そうか、家を出る前にいろいろなことが知れたと言ってたが、何かつかんで来たようだな。いったい、どういうことだ？」

「家に戻って、お話ししましょう。源三さん、戻っているかしら？」

「そうだ、源三の報せを聞かなくてはいけなかった。すっかり失念していた」

「お登勢さんを、連れてきていただけたらありがたいのですけど」

「そうだな。早く、戻ろう」

重い足を速くさせようとして、丈一郎はつんのめりそうになった。

「おっと、いけねえ」

転ぶまではなかったが、気持ちの中は焦りが渦巻く。

「お義父さま、そんなに慌てることはございませんですわ」

音乃は笑いを袖で隠して言った。

「そうだな。慌てるなんとかは、貰いが少ないって言うぞ」

丈一郎が、自からの気持ちを和《なご》ませるように口にした。

遣戸を開け三和土を見るも、源三の雪駄はない。

食事を摂りに寄る、船頭たちも来てなさそうだ。女物の雪駄や草履はあるが、みな律と音乃の物である。お登勢も来ている様子はない。

「今帰ったぞ」

丈一郎が奥へと声をかけた。

「お帰りなさい……」

律が、戸口先へと出てきた。

「源三は来なかったか？」

「あなたと音乃が出ていったあと、すぐに訪れまして……」

「お登勢も一緒だったか？」

「はい。船頭さんたちの食事に取りかかるって、すぐに船宿に戻りました」

夕食時なのに、船頭たちがいないわけである。ほっと安堵する表情で、律は言った。

「それと源三さんから、戻られましたらすぐに来てくれと言われてます」

「そうか、ならば行ってくる。そうだ律、これからもの凄く忙しくなるが、うちのことは頼んだぞ」

「言われなくても分かっております。梶村様からも、厄介なことを仰せつかったのでございましょう？　権六親方のことと合わせ、お気張りになってくださいませ」

と言いながら、律の顔に笑みが浮かんでいる。

「何がおかしい?」

「あなたは、そういうお仕事をしているときの顔が、一番潑剌《はつらつ》として見えます。やはり『鬼』と異名を取った定町廻り同心は、伊達《だて》ではないと……」

「惚れ直したか?」

「戯《ざ》れ言《ごと》をおっしゃってないで、早く舟玄さんへ行きなされ」

二人のやり取りを、音乃は救われる思いで聞いていた。強がりは言うが、心の中は鉛のような重さを感じていたからだ。それを見通しての、律と丈一郎の掛け合いと、音乃には思えていた。

六

舟玄に着くと店先の板間にお登勢は正座をして、音乃と丈一郎を迎え入れた。

源三も、脇についている。

「このたびは、大変お世話になりまして。また、ご心配を……」

いつもならば、日焼けした面相を崩して応対するのだろうが、この日に限ってはさすがにお登勢の表情も暗く感じる。

「うちの亭主がこんなことになってるとはまったく知らず、あたし……」

女丈夫でさすがに泪《なみだ》までは出さないが、首を横に振って口から出る言葉も苦しげである。気丈なお登勢が、これほど萎《しお》れている様子をこれまで見たことがない。どういう言葉をかけようか、音乃はその一声を模索した。下手《へた》な慰めは、かえって心に傷がつく。

「お登勢さん、一緒に権六親方を救いましょ」

ほかに言葉は見つからない。うな垂れていたお登勢の顔が上を向いた。音乃の言葉は、お登勢の胸に響いたようだ。

「船頭さんたちのお食事は済ませられました？」

「ええ、今しがた。巽の旦那、お律さまには大変ご雑作《ぞうさ》をおかけしまして……」

板間に手をつき、お登勢が深く頭を下げた。

「頭を上げない、女将《おかみ》。音乃が言ったとおり、これから権六を番屋から救い出さなくちゃいけねえ。そんなに萎れてる暇はねえぞ」

江戸女を諭すような、丈一郎の語調であった。

「左様でございました。そんなところに立たせたままで……さあ、お上がりになって」

ようやくお登勢に、いつもの気色《けしき》が戻ってきた。

船頭たちの世話は済んでいる。権六夫婦が生活をする居間で、四人は今後のことを語り合う。

「なんだかんだ、余計なことを言ってる暇はなくなった」

丈一郎の切り出しであった。

「まずは、お登勢に訊きたいんだが……」

お登勢の顔色を気にしたか、丈一郎の言葉は一旦途絶えた。

「もう大丈夫です旦那。なんなりとお訊きください」

「ならば、訊こう。夫婦喧嘩の原因てのは、いったいなんなんだ？」

これが事件の発端である。他人の余計な口出しと、遠慮なんかしてはいられない。

丈一郎は、真っ先にそれを知りたかった。

「聞いてくださいよ、旦那。うちの亭主、あたしの知らないうちに三百両も持ち出して……」

「三百両って……そんなにたくさん……」

音乃が、呆れた口調で話の腰を折った。

「実際には二百九十両ですが」

ここまでくれば、十両なんてどちらでもいい。

「ええ。船宿を商ってると、いつ嵐が来て舟が転覆してしまうか分からないでしょ。船頭やお客さんが死んだり怪我をしたりしたら、それだけ大枚のお金が入用になる。あたしの実家は、事故の対処ができずに潰れました。そのためにお金は貯めとかなくてはいけないと思って」

「そのための三百両か……」

夫婦喧嘩の中に出てきた三百両とは、いざというときのために貯めておいた金と分かった。その金を、権六が無断で持ち出したという。

音乃はまだ、誰にも話していないことがある。権六が三百両を使った用途が、薄々知れるところだ。それを心の隅に置いて、お登勢の話の先を聞く。

「一両小判に替えて簞笥《たんす》の奥深くにしまっておいたそのお金が、いつの間にか忽然と消えている。いっときは、誰かが盗んだのではないかと疑ったりしましたよ。だけど、お金の隠し場所を知ってるのは亭主とあたしだけ。あたしが盗まなければ、おのずと下手人は知れるでしょ」

「それで、権六親方を問い詰めたのですか？」

「あたしに隠して、金をどこにやったと。ですが、否定もしないどころか、頑として口を割らない。まさか、あの顔で女もないでしょうけど。そんなんで、あたしに内緒にしていたってのが気に食わなくて……腹が立って腹が立って……」

柳刃包丁を持ち出しての、刃物沙汰におよんだことが知れた。

「権六は、いったいそんな大金を何に使ったのか、お登勢は分からないと言うのだな？」

「ええ、まったく……」

お登勢への聞き込みは、ここまでであった。宿泊客の相手をするために、お登勢は部屋をあとにした。

ここが潮時《しおどき》と音乃は、丈一郎と源三に向けて語ることにした。

「もしかしたらです……」

「音乃は知っておるのか？」

「まだ、お義父さまにも語っておりませんでした。きょうあったこと……」

「そうだった。梶村様に呼び出され、聞く間もなかった。いったい、何があった？」

「まずは両替商の大高屋さんに行きまして……」

順序を追って語るに、音乃は四半刻ほどの時をかけた。

「お登勢さんが言う三百両とは、その金鉱採掘の資金のために持ち出されたのではないかと、わたしは思っています」

音乃の語りは、ここで閉じた。

「そんなところにカネをつぎ込んでいたとは、まったく知らなかった。儲け話に踊らされたかなんだか知らないけど、権六はそんなに欲ずっぽではないはずなんだけど」

「金尻屋の旦那ってのは、そいつに三千両も費やしていたんですかい？」

これまで黙っていた源三が、呆れた表情で訊いた。

「それどころか、元締めの片棒を担いで、投資者を募っていたらしいと。それがなんですか、騙されたと言って京橋から飛び込み……助かりましたけど、あのあとどうなったか？」

金尻屋加和太郎のその後が気になる音乃であった。だが、それ以上に権六のことが気になり、そこに奉行からの密命が加わった。

「それにしても権六親方が、そんなわけも分からねえもんに、よくも三百両も出しやしたね」

「三百両はともかく、それに殺しが絡んできている。自分が下手人にされているというのに、まったく口を閉ざしているそうだ。そこがなんとも解《げ》せん」

源三の言葉に、丈一郎が被《かぶ》せた。

「源三に、心当たりはないのか？」

「まったくと言っていいほどありやせん」

「お登勢は、この一年の間猪牙舟《ちょきぶね》すら漕いでないと言ってたからな」

屋形船を持ち出したのは、舟玄の中ではやはり権六しかいない。いっときお登勢を庇ってのことではないかという線は、ここでプツリと途切れた。

「親方は、自分が殺っていないのになぜ黙っているんでしょうかねえ？」

源三の問いであった。

「……下手人はお武家だろうと、梶村様は言っているのに」

誰にも聞こえないように、音乃の呟きであった。

「源三は、両替商の大高屋五郎左衛門ていう男に覚えはないのか？」

「知ってやしたら、とっくに話してますが」

「そうだな。源三も覚えがないとなると……」

「船頭さんのうちで、どなたか覚えのあるお方はいないでしょうか？」

まだ数人、訊ねていない者がいる。三郎太と貞吉、そして熊次郎の三人は素振りからして五郎左衛門のことは知らないらしい。残る船頭は巳吉《みのきち》と由松《よしまつ》である。二人とも二十になったばかりで、船頭になってまだ二年ほどの駆け出しであった。ようやく一人前に、猪牙舟の櫓《ろ》が漕げるようになったばかりである。

「源三、巳吉と由松を呼んでくれないか」

源三が立ちあがって、二階へと上っていった。

二階は船頭たちが寝る部屋と、客を泊めるための部屋がいくつかある。

すぐに源三と共に、巳吉と由松が下りてきた。二人とも日焼けした頼もしい顔をしている。

「知ってることを、なんでも話してくれ」

悠長に挨拶などしている暇はない。巳吉と由松が目の前に座るなり、丈一郎が話しかけた。

「へい……」

恐縮した様子で、二人の返事がそろった。

「最近、権六親方に変わった様子はなかったか？」

同じような問いが、ほかの者にすでに出されていたが、みな口をそろえて首を振るだけであった。この二人からも、同じような答が返るだろうと、さして期待はしていない。

「へい、気づきやせんでしたねえ」

由松よりも、二月ほど早く舟玄に雇われた巳吉が返した。すると、舟玄の中では一番若手の由松からは、他者とは違う言葉が返る。

「三、四日前でしたか。親方と商人風の男が桟橋の上で立ち話をしているのを見たんでさあ」

「商人風の男って？」

「五十歳前後の、恰幅《かっぷく》のいい男でしたが」

「何を話していたか、聞こえたか？」

肝心なところである。みなが身を乗り出して、由松の話に耳を傾けている。

「いや。外濠の一石橋《いっこくばし》まで、客を乗せての帰りでして。桟橋に停めてあった川舟に乗り、大川のほうへと去って行きました。川舟は、他所《よそ》の船宿の物でした」

「どちらの舟かご存じ？」

川舟の持ち主が分かれば、大きな手がかりになると、音乃はすかさずに問うた。

「いえ、すいません。屋号は見えませんでしたし、顔も見たことはありませんから、このへんの船頭ではないと」

船宿の持ち舟ならば、舳先《へさき》のへりに屋号が書かれているはずだ。生憎《あいにく》と由松は、舟の艫《とも》側から目にしていた。

さもあろうと、音乃は気落ちはしていない。そして、さらに問う。

「そのあとの、親方の様子はどうでした？」

「いつものとおり……いや、今思えば、何か考えごとをしているような気がしましたねえ」

由松の話に、みなしばし言葉を噤《つぐ》んだ。何故にそれを早く言わないかと、詰《なじ》る者は誰もいない。訊いてないことに答るほど、気が利く男ではないと分かっている。

栈橋にいた商人風の男は、様子からして大高屋五郎左衛門と思える。その関わりからして、金鉱採掘の投資話が、俄然真実味を帯びてきた。そして大きな問題は、大高屋五郎左衛門殺しである。

「もう、こうなったら訊く以外にないわ」

呟きとも取れる音乃の声が、丈一郎の耳に届いた。

「訊くって誰にだ？」

「権六親方本人にです」

「本人にって、権六は大番屋の中だぞ。どうやって、会うんだ？　それに音乃は、大番屋の中がどうなっているのか知らんのであろう」

「はい。捕まったことが、一度もありませんから」

「大番屋は、裁きを受ける前の咎人《とがにん》を留め置くところだ。大部屋には、男も女も分けられることなく雑多に放り込まれている」

吟味与力の手により取り調べがなされ、無実が立証されれば解き放ちとなるも、容疑が固まれば町奉行所に送られ裁きとなる。ただし、嫌疑濃厚であるも黙秘などによりさらに吟味が必要なときは、入牢証文付きで伝馬町の牢屋敷へと送られる。

「でしたらわたくし、捕らえられて大番屋に入ります」

「なんだって？　そんなことできるわけないだろ」

丈一郎が、呆けたような顔をして言う。

「とても音乃が行くようなところではない。臭くて汚くてその上悪い奴ばかりで、それは酷《ひど》いところだ」

「そんなことは、どうということもございません。ねえ源三さん、どうしたら大番屋の牢屋に入れます？」

「それは、悪いことをしねえ限り……音乃さんに、捕らえられるような何か悪いことができやすかい？」

「今は思い当たりませんが……」

「よしんば悪いことをして、捕られられたといたしやしょう。ですが、茅場町の大番屋に留め置かれるとは限りやせんぜ。江戸には、七つところに大番屋がありやすからね。ここに入れてくださいって、頼めるもんではとてもとても……」

　源三は手を振り首を振る。

「でも、権六親方と会うにはそれしか手立てがございませんでしょ。どうしても、権六親方と話がしたいのです」

「無理だと言っても利かんであろうが音乃、ほかの件も忘れてはならんぞ」

　船頭たちの耳もあり、梶村とは表立って言えない。

「むろん心得ております。ですからこそ、先に権六親方の話を聞きたいのです。そのためにも、無理は承知で……ああ、茅場町の大番屋に入りたい」

「音乃がそこまで言うなら、梶村様に一肌《ひとはだ》脱いでもらう……」

　思わず梶村の名を出してしまい、丈一郎は途中で言葉を止めた。だが、船頭たちに気がついた様子はない。

「それしか手立てはございませんか」

悪いことをしないで大番屋に入るには、その手しかないと音乃も得心をする。

「ならば、家に戻って手はずを考えよう。すまんが、源三も来てくれないか？」

源三にも、梶村から下りた密命を話しておかなくてはならない。

「もちろん、よろしいですとも」

源三の返事と同時に、宵五ツを報せる鐘の音が聞こえてきた。

七

翌朝、明《あけ》六ツ前に音乃と丈一郎は梶村の屋敷へと向かった。

夜討ち朝駆け、急遽梶村と会うには、奉行所への出仕前を狙うのが手である。いくたびか試みたことがあるが、わずかな時を割《さ》いて大抵は応じてくれた。

昨日と同じ部屋で、音乃と丈一郎は待った。

「待たせたな」

すでに着替えをすませた姿で梶村は現れた。

「今朝はまた、一段と早いな」

「朝早くから、申しわけございません」

丈一郎と音乃は深く頭を下げて詫びた。

「そんなことはどうでもよいが、きのうの件で来たのか？」

「実は、権六親方のことで……」

音乃が話を切り出す。茅場町の大番屋に音乃が入り込み、権六から話を聞き出したいとの手はずを語った。

「うーむ」

目を瞑《つむ》り、腕を組んで梶村が考えている。しばし待つと、ようやく目を開きおもむろに言う。

「そいつは難しいな」

「なぜでございましょう？」

「考えてもみよ、音乃。大番屋の中には数知れぬほどの咎人、いや未決の囚人がいる。町奉行所の与力が法度《はっと》を犯してまで、その中にいる者と会わせる手はずを取れるわけがなかろう。もしそれが表沙汰になったらお奉行は罷免どころか、世間は収拾がつかなくなる。申し開きができるのは、お白洲《しらす》の上と決まっておるからな」

筆頭与力の梶村ならば簡単に話が通せると思ったが、浅はかだったようだ。

「どうしても音乃が大番屋に入りたければ、何か悪いことでもするしかないな」

戯れ言とも取れる言葉だが、梶村の顔は笑ってはいない。

「でしたら……」

音乃が言葉を返そうとしたときは、梶村はすでに立ち上がっていた。

「すまぬが、きょうは急ぐのでな。お奉行の登城が早くて、その前に会っておかなくてはいかんでの。きのう言《こと》づけたことも、頼んだぞ」

そう言い残して、梶村は部屋から出ていった。

「まともなやり方では、やはり駄目か。何か、いい手立てはないかの」

梶村の屋敷を出て、考えながら丈一郎が歩く。

「やっぱり、悪事を働きましょうか？」

「音乃を咎人にはできんぞ。絶対におれは反対だ」

「梶村様は言っておられました。大番屋に入りたければ、何か悪いことでもするしかないと」

「あんな戯れ言を、音乃は本気にするのか？」

「ですが、顔は笑っておられませんでした。何か、含みのある表情と取りましたが」

「そうか。表立っては言えんということか」

「はい。ですから、まったく駄目ではないと……そんな風にわたしは思えました」

「しかし、悪いことをするのに、よい案があるか？」

明六ツも四半刻が経てば、江戸市中は動き出している。八丁堀から霊巌島への道も、普請現場に向かう職人の姿も多く見られる。

「あっ、よい手が……」

音乃が口に出したのは、向かい側から道具箱を担いだ大工職人の顔を見たからだ。馬のように、ひょろ長い顔をしている。

「長八さん……お義父さま、長八親分を捜しましょ」

「何を考えてるんだ、音乃は？」

「もう、それしか手はございません。長八親分、どこにいるかしら？」

音乃はあたりを見回したが、そこに長八が居るわけはない。元は、音乃の夫であった真之介の下で働いていた岡っ引きである。

いつも肝心なときに、長八親分を頼ることになる。

――真之介さまが……。

音乃は心の中で、真之介が導いてくれているものととらえていた。

音乃の頭の中では、長八に捕らえられ茅場町の大番屋に留置される図が浮かび上がっている。

あとは、長八がうまく立ち回ってくれるかどうかである。しかし、この朝は銀座町の金兵屋に行かなくてはならない。長八と会うのは、それ以後となる。

昨夜、家に戻ってから源三には、新たな密命のことは話してある。当座手分けをして、平野屋のほうは丈一郎と源三で探ることになっている。

朝食を済ませ、音乃は目立たぬ地色の単《ひとえ》に着替えると、まずは京橋近くの大高屋に足を向けることにした。店の様子を一目見ておこうとの気持ちであった。

「……少し早すぎたかしら」

まだ、朝五ツを報せる鐘の音は聞こえてこない。大高屋の大戸が下りているのはそのためであろうと、音乃は店先をやり過ごし裏の出入り口に回ることにした。五郎左衛門の遺体が帰っていれば、なんらかの動きがあるだろうと。

しかし、裏に回っても静かなものだ。ただ一人、六十歳にもなろうかという商人が、戸口をはさんで向き合っている。相手は、きのう音乃と応対をした手代であった。

音乃は話し声が聞こえるところまで近づき、声を拾った。

「ご主人に会いたいのだが」

「生憎《あいにく》と主は今、上方《かみがた》のほうに融通為替の件で出かけております。まだ、当分は戻ら

「だったら、番頭の庄衛門さんを出してくれ。手代と話をしていても、らちが明かないものと」

「番頭さんは……今、高熱を出し……」

手代の口調は、しどろもどろで虚言を吐いているのは明らかである。

「困ったな……」

「主が帰りましたら、平野屋さんが来たと伝えておきます」

言って手代は、引き戸をピシャリと閉めた。

「……平野屋?」

もしやと音乃が呟いたところで、背中から小声がかかった。

「音乃さん……」

振り向くと、ひょろ長い顔の男が立っている。

「長八親分……」

音乃が会いたがっていた長八が、眉根を寄せて立っている。

「やはり、音乃さんもここに来られてましたか」

「長八さんはもう、大高屋さんの件は手から離れたのでございましょ。なぜに、ここに？」

「この事件には、まだまだ裏があるような気がしやして。今来ていた商人も、その裏ってのに関わりがあるんじゃねえかと」

長八も、何かを嗅ぎつけているようだ。

「大高屋さんは、ご主人の死をひた隠しにしておられるようで。どうやら、騒ぎを大きくさせないために仕組まれているものと」

一番の懸念は、金鉱採掘の資金集めに応じた者たちの取り付け騒ぎが起こることだと、音乃は踏んでいる。

「探れば探るほど、腑に落ちねえことだらけでして」

やはり長八も、大高屋には疑問を抱いているらしい。

「旦那さんのご遺体は、戻っておられるのかしら？」

「きのうの夜中、ひっそりと連れて帰ってやす」

夏場では、遺体の腐敗も早いだろう。

「お弔《とむら》いはどうするのかしら？」

と、音乃には気になる。

「さあ。あの様子じゃ、やらねえことも考えられやすね。家の者もみな黙ってやすし、いったい大高屋に何があったんだか？」

「ねえ、長八さん……」

　ここぞとばかり、音乃は一件を切り出すことにした。

「その腑に落ちないことを探るために、力を貸してくれないかしら？」

「力を貸すって、何をしたらよろしいんで？」

「権六親方と、話がしたいの」

「親方は今、茅場町の大番屋の中ですぜ。どうやら、まだ無言を貫いているようでして」

「だから、わたしが会って話を聞きたいの」

「いくら音乃さんだって、おいそれと大番屋の中には入れませんよ」

「ですから、長八さんの手で、わたしを捕まえて欲しいのです」

「なんですって！」

　通りでの立ち話である。行き交う人が、長八の声に驚いて顔を向けた。

「町中で、大声を出さないで……」

　音乃は、どうしても大番屋の中で権六と話をしたいと、理由《わけ》を語った。

「すいやせん。音乃さんが突拍子《とっぴょうし》のないことを言うもんでやすから。捕まえるんだったら、何か悪いことでもしてくれやせんと」

「だったら、いいことがある。この先の銀座町まで、付き合ってくれない」

この先、音乃と丈一郎と源三の三人だけでは心もとない。長八の手も必要と、音乃は引き込むつもりであった。

「そりゃかまいやせんが。銀座町で、何か？」

「そこにある、金尻屋さんへ……」

「金尻屋って、金銀の細工物を売ってる店ですかい」

「さすが親分、よくご存じで。そこのご主人、この一連の事件で大きな鍵を持つお方なの」

「それにしても音乃さん、きのうの一日だけでもうそこまで探り出してたんですかい？」

仰天の顔をして、長八の口が開いたままとなった。

「驚きやしたね、何もかも。まるで、真之介の旦那が……いや、すいやせん。思い出させてしまった」

「乗り移ってるとでも言いたいのでしょう。別にかまわないのよ、そうなのだから」

うふふと声を出し、音乃は不敵な笑みを浮かべた。

朝五ツを報せる鐘が鳴ってから、半刻ほどが経っている。

音乃と長八は、銀座町の金尻屋の前に立った。しかし、大戸が閉まり店の中には入れない。

「……おかしい」

胸騒ぎが、音乃の呟きとなって口から漏れた。

「この時分なら、店は開いててもよさそうなもんでやすがねえ」

隣近所の商店は、どこも開いて客の相手をしている。金尻屋の大戸に貼り紙がしてある。近づくと『本日休みます』と、書かれてある。

「何かあったようね。親分、裏に回ってみましょう」

裏戸がすんなり開いて、母家に入ることができた。加和太郎に女房子供はなく、番頭の皐が応対に出た。どうやら、皐が加和太郎の生活の面倒も見ているようだ。内縁といった感じである。

きのうとはうって変わった、皐の打ちひしがれようである。

「お休みと貼り紙がしてありましたが、何かございましたか？」

「主の加和太郎が、きのうから帰りませんで」

「なんですって？」

　きのう、加和太郎は京橋から堀に飛び込み、自害を図ったが助けられ未遂に終わった。自らの足で店に戻ったものと思ったが、そうではなかったようだ。やはり、ついていてあげればよかったと、音乃は今になって悔やんだ。

「実は、皐さん……」

　音乃は、京橋であったことを皐に語った。うしろでは、長八が黙って話を聞いている。

「ごめんなさい。わたしがこちらまで連れてきて……」

「いえ、いいのです」

　板間に頽《くずお》れるように、皐はへたり込んでいる。蚊《か》の鳴くような、小さな声で音乃の言葉を遮《さえぎ》った。加和太郎の安否も心配だが、皐を打ちひしがせたのは別の事情もあった。

「やはり主の加和太郎は、店のお金の千両では足りず、高利貸しから用立てをして三千両を作ったようです。五か所から借りた都合二千両の借用証文が、押入れの奥から出てきたのです」

「やはり、金鉱採掘の話にお金をつぎ込んでいたのですね？」

「そのようです。ですが、どこがどうなっているのか本人がいないので……ああ、このお店はもうおしまい」

　ガクリと皐の肩が落ち、両手が板間についてかろうじて倒れる体を支えた。

「皐……いや番頭さん、お気を強くもってください。必ず加和太郎さんは戻ってまいります」

　なんの根拠もなかったが、皐を励ますにはこんな言葉よりほかに浮かばない。

　どうやら、権六も加和太郎も大仕掛けの投資話に引っかかったようだ。その被害者がまだまだ大勢いると見える。音乃は、先ほど大高屋で見かけた年老いた商人もその類《たぐい》だと踏んでいる。だが、騒ぎが大きく広がってはいないのは、大高屋とどこかの家中が歯止めをしているからとうかがえる。どこかの家中とは、満濃山藩肱川家と音乃は当たりをつけていた。

「皐さんに、一つお願いが……」

　音乃は、うつむく皐に話をかけた。

「なんで、ございましょ？」

「きのう見せていただいた物を、預からせていただけます？」

　皐は、袱紗ごと音乃に手渡した。

第三章　大番屋での一夜

一

事は思わぬ方向に動いていく。

「いったいどういうことなんで？」

金尻屋の母家から路地へと出て、さっそく長八の問いがかかった。

「金鉱採掘って……？　音乃さんがもってるその袱紗《ふくさ》の中身はなんなんです？」

長八の問いが、矢継ぎ早に音乃に向いた。

「親分、まだわたしに付き合ってもらえる？」

「それはもう……と言いたいんですが、高井の旦那とこれから会わなきゃいけねえんで」

「でしたら、仕方ないですわね。歩きながらする話ではないですし……」

大番屋への侵入もあるし、長八には詳しく話しておきたい。だが、高井の手下《てか》として動いている以上、無理乞いするわけにもいかない。奉行所同心である高井の耳には、入れたくない話である。さて、どうしようかと音乃は迷った。

「わかりやした。あっしは、音乃さんのほうに付き合いやすぜ。どうせ高井の旦那とは、これからどこを見廻るかって打ち合わせで、どうでもいいような話ですから」

「でも、それじゃ高井様が……」

「だったら、こうしやしょう。音乃さんが、あっしのあとについてきてくれやすか？」

「ええ……」

どこに行くか分からないが、そう答えるより仕方ない。

「着いたところで、音乃さんをしょっ引きやすが、覚悟はよろしいですかい？」

「ええ。そうしていただければ」

音乃は、肚《はら》に力を入れて覚悟を決めた。

「それじゃ、行きやすぜ」

「少し、離れたほうがいいかも」

目明しの格好をした長八と、音乃が仲よく並んで歩くのは不自然である。五間ほど離れて、音乃は長八の後ろを歩いた。

京橋を渡り、日本橋と八丁堀を遮る楓川《かえでがわ》沿いを長八は北に向かって歩く。

「どこまで行くのかしら？」

このまま行けば、日本橋川の江戸橋に当たる。長八は、その手前の海賊橋《かいぞくばし》で楓川を渡った。八丁堀組屋敷の近くで、その先には茅場町の大番屋があるところだ。

長八は、大番屋に近い坂本町《さかもとちょう》の番屋の前で足を止めた。音乃が追いつくまで、待つ。

「音乃さん、この中で話を聞きやしょう」

「はい」

長八は、音乃を前に立たせ、背中を押すようにして番屋の中へと入った。中には、番太郎といわれる年老いた番人が一人いる。

「とっつぁん、万引きを捕まえた」

「へえ、こんなきれいな女の人がねえ。おや、どっかで見た顔……」

皺《しわ》顔を横に傾けながら、番人が言った。音乃はうつむき、萎《しお》れる格好をして顔を隠した。

「万引きの常習なんで、これから隣の大番屋に連れてこうかと思ってる。その前に、ここで話を聞かなくてはな。ちょっと、場所を貸してくれ」

「どうぞ、どうぞ」

長八のよく知る番人であり、言うことをよく聞いてくれる。

「もう一つ頼みなんだが、聞いてくれっかい？」

「なんでやしょ？」

「大伝馬町に近い鉄砲町《てっぽうちょう》の番屋で、高井の旦那と落ち合うことになってんだが、四半刻ばかり遅れると伝えてきてくれねえかい」

「ようござんすが……」

「これで、茶でも飲んでくれ」

長八は番人に小粒銀を一粒与え、袖の下とした。

「ゆっくり行ってきてくれていいぜ。留守居はしておくから、安心しな」

「へい。どうぞ、ごゆっくり」

小遣いを貰い番人が喜んで出ていくと、番屋は音乃と長八の二人となった。

「これで、ゆっくりと話が聞けまさ」

番人を体《てい》よく追い払い、ついでに高井への伝言を托《たく》す。その手際を、音乃は感心した面持ちで見やった。

「いったい、何があったんです？」

話を語るに、権六とお登勢の夫婦喧嘩に触れなくてはならない。

「権六親方が持ち出した三百両というのが、すべての発端……」

音乃は、これまで見聞きしたことを長八に語った。それだけで、四半刻近くを要した。

「もうすぐ番人さん、戻ってきますね」

音乃は、時を気にした。

「いや、あの人は心得てやすよ。どうぞ、ごゆっくりって言ったでしょ。だから、あと四半刻は大丈夫」

「なるほど、そういうことだったのね」

「そうだ、その袱紗の中身がなんだかずっと気になってたんですが」

「まだお見せしてなかったですね」

言って音乃は、袂に入れた袱紗を取り出した。拳大の石を、長八の前に差し出す。

「手にとってよろしいですかい？」

かないでしょ」

「どうぞ。これを、長八さんに預けますから。まさか、大番屋に持ち込むわけにもい

「ようござんすとも」
矯《た》めつ眇《すが》めつ石を眺めながら、長八が応えた。

「これっていったい？」

「今話した、金の鉱脈から掘り出されたという金石《きんせき》です。ほら、小さく光る粒がある

でしょ。それが、金」

「へえ、初めて見やした」

「このことは、まだ絶対に黙っていて欲しいの。幕府にでも知れたら、それこそ大変。

権六親方はこれに関わっているらしくて、黙っているのもこの金石のためらしいの」

「それで、内密で探ってるのですか？」

「五郎左衛門さん殺しの、真の下手人《げしゅにん》を挙げるだけです。権六親方が放免になれば、

もう関わりありません」

「分かりやした。絶対に他人《ひと》には言いやせん。とくに、高井の旦那には」

「そんなんで、長八さんの手をお借りしたいと思ったのです」

「ようござんすとも。あっしだって、権六親方が殺ったとは思っちゃおりやせんから。

大して調べもせず、親方を引っ張ったのは高井の旦那ですから。大手柄と、喜んでやしたぜ」

「そんなことだろうと思いました。ところで長八さんは、誰が下手人だと目星をつけておいでで？」

「いや、それがまったく。それこそ、権六親方から詳しく聞きやせんと。それを、音乃さんが買って出てくれるなんて、ありがてえというより、思ってもいやせんでした」

「万引き犯にされるとは……それも、常習の」

「一回きりでは、大番屋には送れやせんから」

「すぐに、出られるかしら？」

「一晩は、覚悟してくだせい。解き放ちの手はずはつけておきますから」

「頼みますわよ。八丈島送りなんていやですからね」

「まさか、遠島なんてことはねえでしょ。お奉行さまだって……いけねえ、これはあっしの知らねえことでした」

やはり長八は薄々気づいていたと、ここで音乃は初めて知った。

「それと、権六親方の囚房に入れてもらうよう、それとなく取り計らっておきますから」

　そこまで長八は大番屋に顔が利くのかと音乃は思ったが、そこは頼る以外にない。別の部屋に収監されたら、元も子もない。それが一番肝心だと、音乃は大きくうなずいて見せた。

「権六親方から何か聞き出せたら、あっしにも教《おせ》えてくだせい」

「もちろん。わたしが大番屋から出ましたら、巽の家に来てくださるかしら？　そのとき、金石を返していただければ」

「心得やしたぜ」

　それからしばらく手はずを打ち合わせ、話が済んだところで番人が戻ってきた。

「行ってきましたよ。高井の旦那はまだ来てませんで、番太郎に伝言を残しておきました」

「それで、いいぜ。ご苦労さんでした。それじゃ、行きやすかい？」

　縄は取られず、音乃は坂本町の番屋をあとにする。

「やはり、どっかで見た顔だ」

　番人の声に、音乃はさらにそっぽを向いた。

　長八という心強い味方をつけて、音乃は大番屋送りとなった。

二

音乃が大番屋に入ったのと時を同じくして、丈一郎と源三は日本橋本石町《ほんこくちょう》にある米穀商『平野屋』の店先を、少し離れたところから見やっていた。

押し込みに三千両もの大枚を強奪されても、身代がビクともしないほどの大店である。奉公人の動きにも活気が見られ、米を積み重ねた大八車が数台店の前に横付けされている。店の繁盛振りが、うかがえようというものだ。

現役の定町廻り同心と岡っ引きに戻ったように、丈一郎と源三は押し込み事件のことを探ろうとしている。しかし、聞き込みに入ろうにも、実際は隠居と船頭である。昔のように十手をちらつかせて、身分をひけらかすことはできない。正面切っては聞き取りもできず、そこに現役ではない差し障りがあった。しかし、じっとしてその場で手を拱《こまね》いているわけにもいかない。平野屋の前までは来たけれど、さてどうしようかと模索をしているところであった。

平野屋の店頭で、小さな動きがあった。

荷車に載せられた米俵を数え、帳面に何やら書き込んでいた手代らしき男が、老体の男に向けて深く頭を下げている。

「お帰りなさいませ」

手代の発した言葉からして、平野屋の主人と思える。齢は六十歳前後か。小太りの体に上等な織物である絽《ろ》の小袖を着込み、透けるほど薄手の、紗《しゃ》の羽織を纏《まと》っている。遠くから歩いてきたか、顔が上気して赤味を帯びている。熱を冷ますかのように、扇《せん》子《す》を広げ自分の顔に向けて風を当てている。供を連れずの、独りでの外出だったようだ。

「何をぐずぐずしてる。早いところ配達に行ってこんか！」

手代の挨拶に、主は怒鳴り声で返した。

出先で何かあったのか、苦虫《にがむし》を嚙み潰したような表情と合わせ、不機嫌極まりない。これから配達に出る奉公人たちも、主の怒鳴り声に恐縮するか、体を小さくさせている。

主人から逃げるように、大八車が動き出した。十俵の米が積まれ、前と後ろに一人ずつで荷車を牽く。それに、手代らしき男が一人ついた。

「おい、その荷はどこにもって行くのだ？」

動き出す荷に、主が声をかけた。

「はい。宇月藩坂脇伊豆守《いずのかみ》弾正《だんじょう》様のお屋敷でございます」

——宇月藩てたしか、四国は伊予《いよ》だったな。

梶村が言っていた『しゃんしゃんと……』といった方言を丈一郎は思い出す。

「源三は、荷車のほうを頼む」

どんな些細な事柄でも、いかなる意味を含んでいるか分からない。それが探りの基本だと、丈一郎の、現役のころからの心得であった。

丈一郎と源三は、ここで別れた。


丈一郎は、店の中に入ろうとする主に駆け寄り、背中に向けて声をかける。

「ちょっと、すみません」

「なんだね？」

振り返る主の顔には、不機嫌さが滲み出ている。両頬が垂れて、口をへの字に曲げている。両目をギョロリと剝いて、丈一郎を睨みつける。他人に対して、いつもこんな仏頂面かと、丈一郎は主の性格に難点があるのを感じた。

「平野屋さんのご主人で？」

「そうだが」

丈一郎の身形《みなり》は小袖に、二本の大小を角帯に差す、現職から離れた浪人の姿である。相手の返す言葉も短くて、素っ気ない。

「でしたら、こいつの御用で……」

——ここは、いた仕方がない。

丈一郎は、あまり表向きにできない懐《ふところ》の中に隠しもった短身の十手《じって》を、チラリと見せた。何かあったときに使えと、北町奉行榊原忠之からの預かり物であった。

「左様でございましたか」

見開いた目を細めると、上と下の瞼《まぶた》が弛《ゆる》み埴輪《はにわ》のような面相となる。それが主の、柔和な顔なのであろう。

「先だっての押し込みの件で……でかい声では話せませんので、ご主人も小声で頼みます」

丈一郎は、小声で用件を言った。

「それはそれは……」

主のほうは、丈一郎を隠密同心と取ったようだ。

「手前、ここの主で唐八郎三衛門《とうはちろうざえもん》と申します。長い名なので、唐八郎で通っておりますが」

「押し込みについて、改めて訊きたいことがあるんだが、ちょっとよろしいですかい？」

「ええ。でしたら、こんなところではなんだ。裏から母家に……」

丈一郎が案内されたのは、母家の客間であった。唐八郎三衛門と三尺の間を空けて向かい合う。

「なんだか、えらいご立腹のようだったですけど、何かありましたかい？」

挨拶もそこそこ、丈一郎は切り出した。

「いや、危ないところだった。先だっては押し込みに遭って三千両がところ盗まれ、今度は……おっと、そちらさまに向けて話すことではなかった」

「別に聞かなくてもよろしいですが、やはり大金に絡むことでございますか？」

「いや、いいんだ。これは他人に話してはならないことだった。それと、何ごともなかったことだし、忘れていただきたい」

「忘れろと言われれば忘れますが……そうだ、手前は目付配下の者で名は伏せさせていただきます。ところでこたびの押し込みですが。平野屋さんを襲ったのは、六人の侍たちと聞いてますが、何か変わった特徴みたいのに気づきませんでしたかね？」

「先だっても同じことを訊かれたが、なんせみな黒覆面で顔を隠していたものですから……」

「言葉に、方言みたいなものがあったと？」

「ええ。どこの言葉ですか『しゃんしゃんとださんけに』とか、言ってました」

その方言は、梶村の口から聞いている。

「ほかには？」

「あとは無言で、身振りでものを語ってました」

「カネを出せとは言わんのに、なんで三千両も差し出したんで？」

「三千両出せと、無言で書いた紙を見せつけられまして……」

「よほど言葉を発したくはなかったんですな」

刀を頼りに無言で襲うつもりが、業を煮やして一言吐いてしまった。おそらくだが、お国訛《なま》りを伏せたかったのだと思える。丈一郎は、大きな手がかりを見つけたような心持ちとなった。

一方源三は、荷車のほうを追っていた。

神田川《かんだがわ》を挟み、対岸は湯島聖堂《ゆしませいどう》である。大八車は、駿河台《するがだい》という武家屋敷町へと入る。大名家や旗本の屋敷が建ち並ぶ界隈である。大名家の門前に大八車を横付けし、門番に声をかけた。

「米の配達ならば、裏に回れ」

屋敷の塀沿いを半周し、荷車は裏門についた。しばらく待つと、門が開き荷車は中へと入っていった。それだけならば、なんの変哲もない光景である。源三が、わざわざ荷車を尾《つ》けた意味をなさない。源三は荷車が出てくるのを待った。すると、さして時がかからず門が開き、出てきたのは空《から》の荷車ではなく商人風の男三人であった。三人とも、大風呂敷に包まれた荷行李《にこうり》を背負っている。風情《ふぜい》とすれば番頭か手代というところか。変わっているのは、大名家の家臣二人が見送りに出ていることだ。源三は、もの陰に隠れてその様子を探った。

「これで三千両渡したことになる。気をつけて帰れよ」

「かしこまりました。たしかに、預からせていただきます」

商人たちは大きく頭を下げて、塀沿いを表通りへと向かった。

「……三千両？　大八車より、こっちかもしれねえ」

一両小判にも普段は縁がない町人が、途方もない額を一両日のうちにいく度も耳にすれば、なんらかの縁を感じるものだ。

空振り覚悟で、源三は三人のあとを追った。大金を背負っている気負いからか、足取りが速い。人通りのない武家屋敷町から八ツ小路《やつこうじ》に出ると、三人は大通りを一路南に向かって歩いた。道は東海道につづく、目抜き通りである。神田須田町《かんだすだちょう》から錦町《にしきちょう》、日本橋本石町、十軒店町《じっけんだなちょう》、室町《むろまち》に入っても足の止まる気配はない。五街道の拠点となる日本橋を渡り、通 南 町《とおりみなみちょう》一丁目から四丁目を抜けてもまだ足早である。すでに半里以上は歩いている。まったく休みを取ろうとはしない。むしろ、さらに速足となっている。

「……どこまで行きやがる。それにしても、商人のくせして健脚だな」

源三のほうが、顎が上がってきている。

「ただの商人ではなさそうだな」

うっかりすると、差がついて見失ってしまう。ここは踏ん張りどころと、源三も京橋を登って行く。

「そうか、もしかしたら……」

昨夜、音乃の話に出ていた両替商の大高屋は京橋の近くと聞いている。

三人は、太鼓形《たいこがた》の京橋の頂上に向かって歩いている。登りであっても、まったく苦にしていない。半刻で、二里近くも進みそうな速さである。源三も、十間ほどあとを同じ速さで進んでいる。

京橋の南詰めは新両替町である。大高屋があると聞いているが、まったく脇目も振らずに歩いていく。

「……大高屋の者ではねえのか？」

雷三日とは、よく聞く言葉だ。この日も分厚く湧き出た入道雲が、西の空を一面に覆っている。あと四半刻もすれば、雷鳴が轟いてくるはずだ。

天気を気にするか、背負ったカネを届けるか、いずれにしてもまったく休みを取ろうとせずに一里近くも来ている。

銀座町から尾張町を過ぎて、さらに新橋を渡る。芝口というところだ。芝の目抜き通りをしばらく歩き、三人はようやく道を右に曲がった。そこは源助町と言われるところで、町場を抜ければ周囲は閑静な武家屋敷町となる。一帯は人通りが少なく、源三は十五間の間を空けた。大名小路をつっきり、三人は薬師小路へと入る。

「もしや……」

源三にも、心当たりがあった。敷地の広い大名屋敷に挟まれた、小ぶりの大名屋敷は満濃山藩肱川家と、昨夜音乃から聞いている。商人風の男たちは、門番に声をかけず脇門から中へと入っていった。

「驚いたね……」

しばし唖然として、源三は立ち止まったままとなった。

「三人は商人ではなく、ここの家来だったのか」

あの健脚はただの家臣ではなく、藩が抱えた忍びの者とも取れる。

源三が呟いたところで、近くで雷鳴が轟いた。気づかぬうちに、あたりは暗くなってきている。源三の月代《さかやき》に、一粒雨が落ちて当たった。

「いけねえ……」

雨宿りの軒を探す間もなく、篠《しの》つく豪雨が源三を襲った。

三

豪雨が、茅場町大番屋の屋根を叩きつけている。

吟味与力が、音乃と向かい合って調書《しらべがき》を取っている。南町の与力か、音乃には見覚えのない顔であった。

「万引きというのは、立派な盗み……いわゆる窃盗犯なのだぞ。そんなきれいな顔をして、分かっておるのか？」

になるかである。

「はい。重々……」

うな垂れた様子で、音乃は応える。音乃が一つ心配だったのは、ここで解き放ちに

「いけないことと分かってますが、ついつい……」

「手が出てしまうってことか。常習ともあれば重罪だ。となると仕方があらん、伝馬町送りとなってゆっくりと罪を償うのだな」

それもまずい。明日には放免となって、外に出なくてはならない。

「もう、絶対にやりません。ですから、それだけはご勘弁ください」

涙ながらに、音乃は訴える。

「いや、ならん。女の涙に弱いと思ったら、大間違いだぞ」

頑として動じない。

「きょうの吟味はこれまでだ。しばらく大番屋の牢屋で頭を冷やすがよい。今後は北町奉行所送りとなって、裁きが下される」

――えっ、北町奉行所？

北町奉行所の与力といっても、音乃は全員を知るわけではない。

「どうした？　奉行所に送られるのがいやなら、万引きなんぞするでない」

「はい。分かりました」

呟《つぶや》きのような小声で、音乃は返した。

収監される牢屋は、男女混合の大部屋である。茅場町の大番屋は、そんな囚房がいくつかに分かれている。罪の重さによって部屋は異なると、音乃は聞いている。殺しの疑いである重犯扱いの権六と比較して、音乃の犯罪はまだ軽いほうだ。はたして同じ牢内に入れるかが、音乃にとって気がかりであった。

「ここに、入っておれ」

下男《しもおとこ》の手により牢屋の出入り口が開けられ、音乃は人数の多い、一番手前の囚房に入れられようとしたところであった。

「そこではない」

後ろから声がした。振り向くと、音乃を吟味した与力が立っている。

「その女は十両以上の盗みの廉《かど》で捕まった者。重罪者を留め置く、一番奥の房に入れるよう」

「かしこまりました」

下男は牢の戸口を閉め、音乃を奥の房へと連れていく。いくつかの囚房の中を音乃は見たが、権六の顔は臨めなかった。ガシャッと大型の南京錠が外され、出入口の扉が開けられる。重罪者が収監される房なので、入っている人数は少なそうだ。二十畳ほどの広い四房の中では、男が三人板間に寝転がっている。その中に権六はいない。

「おい。ずいぶんと若い娘が入ってきたぜ」

「ねえちゃん、いったい何をやらかしたってんだ？」

咎人《とがにん》たちの好奇な目と言葉が音乃に向くが、このくらいはあしらう自信があった。

「ごめんなさいね、あたし人を五人殺してきたの。それも、鉄砲でね」

「本当かい？」

こいつは大物だとばかり、寝転んでいた男たちがそろって起き上がった。

「そのまま、寝ててくださっていいのよ」

「へい、そうさせていただきやす」

音乃は、一言で先客を手なずけてしまった。

――権六さんが、いない。

目を凝らして房の中を一望しても、権六の姿はない。無駄になったかと、音乃は落胆でガクリと肩を落とした。男たちからは離れた奥の壁に背中をもたれて、音乃は座り込んだ。この策はしくじったかと、失望だけが脳裏を駆け巡る。

音乃が収監されて、半刻ほどが経った。

外の豪雨がザァーザァーと、屋根の瓦を打って伝わってくる。音乃の気持ちは、ますます暗くなった。

重罪を犯してきたような無頼の男たちと、汚くて臭い囚房で一緒に一晩でも暮らすと思うと音乃だってうんざりしてくる。はぁーと一つ、大きなため息を吐いたところに、ずるずると足を引きずる音が聞こえてきた。

「入りませえ」

南京錠が外れる音がして、扉が開くと大柄な男が一人入ってきた。

「あっ！」

知った顔に、音乃は思わず驚きの声をあげた。相手も声の主《ぬし》を見て、足が進まずその場でつっ立ったままとなった。

音乃はほっと安堵し、権六はまだ仰天の目を向けている。

「なんで、音乃さんがこんなところにいなさるんで？」

「権六親方に会いに来た以外、ほかに理由《わけ》などありませんでしょ」

朝からずっと取り調べられ、それが済んで権六は囚房に戻ってきたのであった。

「棒で叩かれました？」

「いや。まだ手酷《てひど》い吟味はされてねえです」

まだ、痛めつけられての吟味ではないらしい。

「ですが、あしたからはどうやら……」

梶村に願い出た、吟味に手心が加えられることを音乃は口には出せない。手酷い仕打ちを受けないよう、祈るばかりである。

壁際でもっての、ひそひそ話である。

「そんなところで、何をひそひそ話してやがんだ?」

咎人の一人が、ちょっかいを出してきた。

「あんた、六人目になりたいんかい?」

きっと睨む音乃の視線は、閻魔《えんま》を髣髴《ほうふつ》させて鋭い。すいやせんと謝《あやま》り、男は静かになった。

「なんですか、六人目って?」

「いや、こちらのことです」

音乃は笑みを含めて、権六の問いに答えた。

「ところで、いったい親方に何があったというんです? ずっと、無言を貫き通しているらしいですけど」

さらに小声にして、音乃は問うた。

「音乃さんは、なんでそれを？」

「嘘でも真実《ほんと》でも、親方が白状してたら世間は大騒ぎになっているはずです。まだそれがないってことは、黙っておられるのかと……」

「音乃さんは、何を探ってるので？」

「権六親方が持ち出した、三百両の行方を調べてました。それと、大高屋五郎左衛門さんを殺したのは誰かってこと」

「あっしとなってますが」

「それは、嘘です」

音乃は間髪《かんはつ》容《い》れず、権六の答えに首を振った。

「親方は、本当の下手人をご存じなのでございましょ？」

「…………」

権六からの応えはない。

「親方と話す機会は、今夜しかないの。どうしても真相が知りたくて、わたし悪いことをして捕まってきたのです」

「悪いこと……音乃さんがですか？」

「ええ、五人も人を殺して。あしたは、北町奉行所送りとなります」

少し声を強めにして音乃が言うと、咎人たち三人の顔が向いた。

「ああ、それで六人目と……」

得心をしたか、権六は小さく笑いをこぼしてうなずいた。

「それで、音乃さんはどこまでご存じで？」

「いえ、親方に聞かないとまったくでして……。せっかく大番屋に入れたのですから、わたくしだけにはお話しいただけます？」

「わかりました。音乃さんだけには、本当のことを話しますぜ」

音乃に向けて、権六はようやく話す気になったようだ。


翌日の朝、臭い飯が出されたが箸をつけずに、音乃は起きてからずっと考えていた。

「権六、出ませい」

この日も早朝から、権六の吟味がはじまる。

「それじゃ、権六親方。きっと親方を救い出しますから、それまでご辛抱を……」

「音乃さん。あっしはこの先もずっと、口には出さないつもりでいますから。くれぐれも、舟玄の者たちには……」

「ええ、内緒にしておきます」

囚房の扉が開けられ、権六は吟味部屋へと連れていかれる。

用が済んだら早く出たい。心配なのは、これから北町奉行所に身柄を移されることである。お白洲で、奉行の榊原と向かいあったらどんな顔をするだろうと、音乃はそんな空想を頭の中に描いた。クスリと笑いが漏れるのは、気持ちに余裕があるからか。

――いくらなんでも多忙な町奉行様が、万引き常習犯の詮議に関わるはずはないわよね。

思ったところで、音乃の笑みは消え真顔となった。

「……冗談じゃないわ。出してもらわなくては」

いっときも早く外に出たい。だが、それから二刻経っても音乃の呼び出しはなかった。同房の男たちの一人は伝馬町の牢屋敷に送られ、二人は朝から吟味中である。音乃一人が、そのまま留め置かれている。

昼八ツを報せる鐘の音が、壁を通して聞こえてくる。音乃が収監されて、丸一日が経った。

「奉行所送りの手続きが、なされているのかしら？」

不吉な思いが、独り言となって出る。周りに誰もいないので、呟きが声に出せた。

さらに半刻ほどが経ったところであった。

「音乃、出ませい」

ようやく下男が呼びに来たが、放免になるのか奉行所送りになるのかは分からない。とりあえず、吟味部屋へと連れていかれる。昨日と同じ吟味与力と、音乃は向かい合った。

「どうだ、大番屋の臭い飯は？」

「食べる気にもなりません」

「もうこれに懲りて、万引きなどしないことだな」

与力の口調は、放免にも受け取れる。

「はい。金輪際《こんりんざい》、二度と人さまの物は盗みません」

音乃が安堵したが、与力の話は終わってはいない。

「ところでだ……」

まだ何かあるのかと、音乃は心の内で身構えた。

「権六は、何か言ってたか？」

「はぁ？」

思ってもいない、問いであった。

「何かって、どんなことでございましょう?」

「同房の者によると、なんだか親しく話をしていたようだが……」

「はい。偶然にもあのお方とはご近所でして、女房子供は元気でいるかとか訊いておられました。お家のことが気がかりでしょうから、様子を教えてあげてたのです」

「違いないか?」

「はい。ほかに、どんな話をなされます?」

「いや、何もなければそれでよい。ならば音乃、奉行所のほうから達しが出ている」

これから連れていかれるのではと、音乃はドキリと心の臓が早打ちした。

「反省をしておるか?」

「はい。もう金輪際と、いく度言わせるのですか」

「よし。反省をしているならば、解き放てとの達しである。大番屋から出ていってもよいぞ」

長八の手廻しだろうと音乃は思ったが、岡っ引きにしてはずいぶんと顔が利くと首を捻って、音乃は大番屋をあとにした。

──この一日で、どのように状況は変わっているのだろう。

四

音乃はそんな思いを抱きながら、茅場町の大番屋を出ると、急ぎ足で霊巌島へと向かった。

巽の家に着いたと同時に、夕七ツを報せる鐘の音が聞こえてきた。

「ただいま戻りました」

音乃の声に、真っ先に駆けつけたのは律であった。

「心配してたのよー」

泣きべそをかきそうな、律の声音であった。

「きのう長八親分が来て、無事に大番屋に収監されましたからなんて、うちの人に言ってましたから」

長八から丈一郎に、経緯は伝わっているようだ。その気の利かせ方が、音乃にはありがたかった。

「ごめんなさい、ご心配をおかけして。でも、なんとか解き放ちになりました。もう、二度とあんなところに閉じ込められるのはいやです」

「でしょう。早く上がって、お茶でも飲みなさい。大福も用意してありますわよ」

「お義母《かあ》さま……ありがとう」

律の心遣いに、音乃の言葉もつっかえがちになる。

「お義父《とう》さまは？」

「もうすぐ戻られる思うけど。音乃はうまくやってるかと、気遣っておられましたわよ」

「早くお義父さま、戻ってこないかしら」

奥の部屋で茶を啜り、好物の大福《だいふく》を一口齧ったところであった。

「音乃さんが、お戻りのようで……」

丈一郎より早く、源三の声が聞こえてきた。

「ええ。お待ちかね……」

律の声が終わらぬうちに、すたすたと足音が伝わってきた。

丈一郎との前に、まずは源三からの話となる。源三の探りは、梶村のほうから下りてきた一件である。それでも源三の気持ちは、高ぶりを見せている。その興奮が音乃の放免を喜んでのことか、探索の進展を見てのことかは判断がつかない。

「まずは、解き放ち、おめでとうございます」

「たった一日なのに、大仰《おおぎょう》な言い方」

音乃は笑みを含ませるのに、源三は真顔である。

「それで、権六親方の様子はどうでした？」

「意外と元気にしておられましたわ。でも、いっときでも早く、あんなところから出してあげたい」

「元気と聞いて、ほっとしやした。それで、親方からは何か？」

「それが、わたくしにさえ語ってはくれませんでしたのよ」

「ずいぶんと、親方は強情なんですね」

「ほんと、あんな強情なお方、初めて」

音乃は、語れる時が来るまで黙っていようと、この場は権六との約束を守ることにした。

「それにしても、大番屋って聞きしに勝る、酷いところですわね。汚いし、臭いし、ご飯はまずそうだし、もう二度と入るのはご免」

「あんなとこ、音乃さんが行くところではありやせんよ。ずいぶんと大胆なことをなされましたねえ。一つ間違えれば、少なくても十日は出てこられませんぜ。あっしは、そいつを心配してやした」

やはり源三の気持ちの高ぶりは放免から来ているようだと、音乃は取った。だが、その思いは、次の言葉でもってすぐに覆《くつがえ》される。

「ところで、どうやら平野屋押し込み事件と、権六親方の一件は関わりがあるみたいですぜ」

「やはり……」

「やはりって、音乃さんは気づいてたんですかい？」

音乃はさして驚かない。梶村からすでにその話は匂わされている。源三には、別の件で説くことにした。

「平野屋のご主人て、六十歳くらいの目がギョロリとした人ではありません？」

「さいですが、音乃さんはどっかで会ったんですかい？」

「それも、あとでお話ししましょう。それで、源三さんのほうはいかがでございました？」

「へえ。きのう旦那と平野屋に行ったんですが……」

米を積んだ大八車を追ったところから、源三は語りはじめた。

「カネを背負ったと思われる商人たちを尾けましてね、行き着いたところは……」

源三の話が佳境に入り、音乃が身を乗り出したところで、

「さあ、西瓜《すいか》が切れましたよ」

にこやかな顔をして、律が入ってきた。三角に切られた西瓜を、音乃と源三は貪《むさぼ》るように食べた。

「なんです音乃は、はしたない」

源三の、次の一言を早く聞きたいと、音乃は女のたしなみを捨てた。

「そんなに慌てて食べなくても、西瓜は逃げはしませんよ。足りなかったら、まだございますから」

あっと言う間に二切れを食し終わり、音乃は手巾《しゅきん》を取り出し口を拭う。

「ご馳走さまでした。ああ、おいしかった」

「音乃の西瓜の食べっぷり、急いでいるときの真之介にそっくり」

わが子を思い出したか、律はそっと袂で目尻を拭った。

「咽喉《のど》がカラカラだったんで、助かりやした。ご馳走さんで……」

「お粗末さま……それでは、ごゆっくりとお話を」

律が去ると、源三は口に残った西瓜の種を吹き出し、語りのつづきに入った。

「その男たちが着いたところは、どこだと思いやす？」

「大高屋……？」

「いえ」

源三の首は横に振られるも、音乃にはもう一軒、ほかに思い当たるところがあった。

「まさか……？」

「おとといの夜音乃さんから聞いていた、満濃山藩肱川家の上屋敷へと入っていきやした」

「うそ……ほんとですか⁉」

音乃の声音は押さえられている。頭の中を思考が駆け巡っていたからだ。

「この目で見ましたんで、間違いございやせん。あれは商人に化けた忍びですぜ……おそらく」

「それでもう一方の、駿河台のお屋敷というのは、どちらのお家で……？」

「調べやしたら、それが同じ四国の伊予は宇月藩、坂脇伊豆守弾正様の上屋敷でして」

「伊予と讃岐って、近いですよね」

「国を接してますから……それと、まだまだ音乃さんが驚くことがありやすぜ」

「どんな？」

「旦那の話によると……」

源三が語りはじめたところで、またも遮られる。

「ごめんくだせい」

戸口先から、来客の声が聞こえてきた。

「あれは？」

「長八親分。わたしが呼んでおいたの。ちょっと、お待ちを」

音乃が立ち上がったところで、律が先に応対している。

「きのうはどうも」

「たびたびすいやせん。それで、音乃さんは……？」

「戻っておりますよ。いま、源三さんとお話をしているところ」

「さいですかい」

源三との話に割り込んでいいのか、長八の遠慮する素振りであった。

「長八親分、上がっていただけます？」

そこに音乃が出てきて、長八に声をかけた。

「今、西瓜をお持ちしますから」

律は勝手に向かい、音乃は廊下でもって長八と小声で話をする。

「おかげさまで、娑婆《しゃば》に出られました。それにしても、長八親分の手廻しのよさには驚かされました」

「いえ、あれは実を言うと高井の旦那から音乃さんを捕まえろと言われてまして。なんでだと思っていたら、音乃さんからも捕まえてくれでしょ。これには事情《わけ》があると踏んで、芝居に乗ったわけであります」

「そうだったのですか」

与力梶村からの差し金だろうと、音乃は得心ができた。さすが奉行所の手際のよさと、音乃は感心をする。


長八を仏間へと導く。ご先祖が祀られた仏壇に線香を手向《たむ》け、長八は合掌しながら念仏を唱えた。

「南無阿弥だぶ……いや、南無釈迦尊言阿弥陀仏だった」

巽家の宗旨は、代々禅洞《ぜんどう》宗《しゅう》である。その宗派の念仏を、長八は三遍唱えた。そして、源三と向かい合う。

挨拶もそこそこ、話は本題へと移る。

「それで、驚くことというのは？」

「ええ……」

源三の顔が、横に座る長八のほうを向いた。

「長八さんでしたらよろしいの。きのう、大まかなことは話してあります。大番屋に入れたのも、長八さんのおかげですから」

「さいですかい。も一つ驚くことってのは旦那に聞いたんですが、押し込みに三千両盗られたっていう平野屋も、どうやらその金鉱採掘にカネを出していたようなんで」

「そうだったのですか」

「おや、あんまり驚かねえようですが」

「実は、きのうの朝、大高屋さんの前に平野屋さんがいましたから」

「なんですって！」

驚いたのは、源三のほうであった。

「どうやら、平野屋さんも金鉱に投資していたようです」

「そこまでご存じでしたかい。それで、平野屋の旦那と、話をしたので？」

「いいえ。顔は拝見したけど、一言も話はしてません」

権六の事件と平野屋の事件が一つにまとまっている。

「どんどん、核心に近づいていってるように思われます」

その核心にあるのは、金鉱採掘の投資話。

「長八親分、あれを持ってきていただけました？」

「ええ、もちろんで」

懐の中から、長八は紫の袱紗を取り出した。

「……これがすべての元凶」

渡された袱紗を膝元に置き、音乃は呟きながら広げた。

五

畳の上に置かれた拳大の石を、源三はまじまじと見やっている。

「なんですかい、これは？」

源三が問うたと同時に、ガラリと音を立て障子戸が開いた。

「おっ、そろってるな。長八親分までいるじゃねえか」

腰からはずした大刀を手にして、丈一郎が入ってきた。

「お帰りなさいませ」

「音乃も、無事に大番屋から出られたようだな。長八、きのうは音乃が世話になって、すまなかった」

「どういたしやして」

丈一郎に向けて、長八が小さく頭を下げた。

「それで、音乃のほうは……ん、なんだそれは？」

立ったままの丈一郎の目が、畳に置かれた石に向いている。大番屋での話は、あと回しとなった。

音乃と並んで丈一郎が、どっかと腰を下ろした。四人の目が、一つの小さな石に向いている。

「きのう大番屋に入る前に、銀座町の金尻屋さんから預かってきたものです」

音乃は、その経緯を簡単に語った。

語る順序はいろいろとある。だが、音乃は目の前にある金石がその中心と踏んで、そこから切り出すことにした。ちょうどよく四人が集まり、ここからが出発点だと音乃には感じられた。

「この石が、すべての元のような気がします」

丈一郎が、手にとって塊《かたまり》を眺めている。

「なんだ、このキラキラと小さく光るものは？」

「ちょっと、あっしにも見せてくだせえ」

源三も矯めつ眇めつ、塊を眺めている。

「石の中で光っているものが金……これに今、人々が群がっているのです。権六親方もそれに、巻き込まれたようで」

「そうだ、権六はどうした？」

丈一郎の問いであった。

「お元気ですから大丈夫。でも、あんなところから早く出してあげないと」

「それで、権六から何か聞いてきたか？」

「順を追って、それは……」

「そうか。ならば、あとで聞こう」

四人の目は、再び金石に向けられる。

「これが本物だったら、大変なことになりやすね」

長八が、ポツリと言った言葉が音乃の耳に入った。

「ということは、長八親分はこれが贋物《にせもの》だと？」

「いや、そういったわけじゃねえんですが、こんなのが世の中に出回ってたとあっちゃ、幕府が黙っちゃいねえんでは」

「ですから、みんな内緒で密かに……」

「もしかしたら、幕府はもう知ってるのかもしれませんぜ」

「えっ？」

音乃と丈一郎は、驚く顔で長八を見やった。梶村に言われるまで気づかなかったことを、長八は口にした。

「いや、そんなにあっしを見ねえでくだせえ。単なる、思いつきですから根拠なんてねえです」

「さすが長八親分、真之介さまの片腕だったお方。よい着眼であると思われます」

「音乃さんに、そんなに褒められてはくすぐってえ」

「すべてを一緒くたにして、探れってことですね」

「えっ、音乃さんたちってやっぱり……」

長八が、驚く目をして言った。

「お義父さま、長八親分にはきちんとお話をしておいたほうが……」

音乃たちが北町奉行榊原忠之の密偵として動く影同心であることは、未だもって長八には話してはいない。だが、長八も薄々は気づいているようだ。それを察しての、これまでの力添えと音乃には思えていた。

「そうだな。長八親分にはおれから話そう。実はだな、長八……」

「いや、それ以上はおっしゃらねえくだせえ」

片手を差し出して、長八が遮《さえぎ》る。

「おおよそのことは、察しておりやす。ですが、あっしは何も知らねえこととして、これからもお役に立ちてえと思っていやす。ええ、このことは高井の旦那にも誰にも、一切しゃべりやせんから安心してくだせえ」

「そう言ってくれると、ありがてえ。そんなことで、長八親分、頼りにしてるぜ」

感極《きわ》まると、丈一郎はときどき言葉がべらんめえ調となる。

「もしも、新金鉱脈の発見を幕府が知ってたとしたら、いってえどうなるんでしょうかね？」

源三の問いであった。

「もし幕府に露見していたとしたら……」

音乃は、先の言葉を呑み込んだ。

「露見していたとしたら、どうなるんで？」

「その藩を潰し、天領にするかもしれんな」

極めて大物の幕閣がそれに絡んでいるとは、源三たちには言えない。丈一郎は当たり障りのない答を返した。

音乃が、話の先を変える。

「さっき、長八親分が言ってたけど、これって作られたものだとしたら？」

「贋物ってことか？」

「そこから確かめても、よろしいかと。どなたか、こういう物に詳しい人はいないかしら？」

「でしたら、うってつけの男がおりやすぜ」

長八が、長い顔をさし出して言った。

「どなた？」

「佐渡《さど》で、二十年も金を掘ってた男でして。二月《ふたつき》ほど前にご赦免《しゃめん》になって、江戸に戻ってきた弥三郎《やさぶろう》って奴です」

「会えるかしら？」

「そりゃ、音乃さんでしたら喜んで会ってくれやすぜ。あっしの名を出してくだせえ。深川相川町《ふかがわあいかわちょう》のお化け長屋に住んでやす」

「ありがとう、長八さん。あしたにでも行ってみます。もし、これが贋物だとしたら……」

「こいつは、大掛かりな取り込み詐欺《さぎ》ってことだな」

「うちの親方は、騙《かた》りに巻き込まれたってことですかい？」

「どうやらそのよう……」

源三の問いに、音乃は言葉を濁した。

「ですがまだ、すべては仮の話です。これからの動きは、その裏づけを取るってことでいかがでしょうか？」

「音乃の言うとおりだが、ずいぶんと核心に近づいてきたような気がする」

「ですが、旦那。平野屋を襲った侍たちと、大高屋五郎左衛門殺しの下手人《げしゅにん》はまだ、皆目《かいもく》目星がつかめてはいやせんぜ」

「ええ……それと、金尻屋加和太郎さんの行方も気になります」

まだまだ、釈然としないことは山ほどある。ただ、もつれた糸の端っこが見えてきた傾向にはある。あとは、徐々にほぐしていけばよいことだと、音乃は見通しを明るくさせた。

夏の夜は暮《くれ》六ツに日が落ちてから、時を報せる鐘の音が鳴る間合いが、かなり短く感じる。

宵《よい》五ツを報せる鐘が、そろそろ鳴り出そうとするころ合い。源三と長八が巽家で夕餉を済ませて引き上げてからも、音乃と丈一郎は、膝をつき合わせて語り合っていた。

「音乃、何か隠してることがあるな？」

丈一郎が、不敵な笑みを浮かべて訊いた。

「やはり、お義父さまはお気づきでございましたか」

「権六から、何か聞いておるのであろう？」

「なぜに、そう思われました？」

「権六の話になると、どうも言葉をはぐらかせていたようだ」

「さすが、お義父さま。ですが、舟玄さんの誰にも言わないでくれと、釘を刺されておりまして」

「それで、源三の前では口を噤《つぐ》んでいたのか」

「申しわけございません」

「謝ることではないが、源三にも聞かせられないとは……おれにもか？」

「いえ。お義父さまには、知っておいていただきたいと。親方が、なぜに黙秘をしているのか分かりました」

「なぜに、権六は黙っているのだ？」

「やはり、親方は人を庇《かば》っておられました」

「誰を、庇ってたんだ？」

「熊次郎さん……」

ためらうことなく音乃は、はっきりと名を口にした。

「熊次郎って、半年前に舟玄に来たあの男か？」

「はい、そのようです。権六親方は、大高屋五郎左衛門さんを殺したのは、熊次郎さんと思い込んでいます。それで、ご自分でもって罪を被《かぶ》ろうと」

「それにしても、人がよすぎるだろう」

「ですから親方は、その葛藤《かっとう》の中に。そのお気持ちは、痛いほどわたくしに伝わりました」

「それで、詳しいことは聞けたのか？」

「五郎左衛門さんの殺された、あの夜のことはお聞きできました」

「どんなことがあった？」

「お義父さま。それは、熊次郎さんから直《じか》にお聞きしませんか？」

「そうだな。ここでは、権六が殺したのではないことが分かればいい。それにしても、熊次郎がなぜに五郎左衛門殺しに関わっていたと？」

「それは、お登勢さんから聞けば分かると」

「お登勢から？」

「はい。熊次郎さんとお登勢さんが、秘密を握っているようです。同じ囚房にいた人たちの目と耳もあり、そこまで詳しくは聞けませんでした」

「あしたにでも、聞いてみるか」

この日は夕立の雷はなかったが、聞こえてくるのは花火が打ち上がる音であった。ドドーンと三つ音がつづけて鳴ったところで、事件の話はお開きとなった。


翌日の朝、巽家を訪れた源三に、権六の話を伝える。

やはり、源三だけには知っておいてもらったほうがよいと、昨夜のうちに話し合っていた。少しだけ、権六との約束を破ることになる。

「親方が、そんなことを……。熊次郎とは、驚きやしたねえ」

「そこで、源三さんにお願いがあるのですが」

「へい、なんでしょ？」

「熊次郎さんは、屋形船が漕げないのでしょ？」

「へえ。まだ、そこまでの腕はねえかと」

「そこで、実際は漕げるかどうか調べて欲しいのですが」

こういうことを頼れるのは、やはり源三よりほかにいない。

「熊次郎って、舟玄に来る前は何をやってたんだい？」

丈一郎の問いであった。

「どっかで船頭の習い事はしてたんでしょうが、以前のことは訊きもしなかったし、向こうから話もしやせんでした。それでも、たった一つ気になることが。熊次郎を雇うとき、親方が言ってやした。『――俺は熊に、大きな借りがある』っていうようなことを」

「大きな借りってか？」

「どんな借りでしょう？」

「いや、そこまでは訊けやせんでした」

丈一郎と音乃の、矢継ぎ早の問いに源三は困惑した様子で答えた。

疑問を解き明かすには、熊次郎は屋形船を漕げるかどうかである。今まで源三は、一度でもそんなことは気にしたことはない。

源三はさっそく舟玄に戻ると、熊次郎を試すことにした。

具合よく、舟玄に残っている船頭は熊次郎しかいない。

「熊次郎、屋形船があそこにあると邪魔なんで、向こうの船着場に横づけしといてくれねえかな。俺がやってもいいんだけど、親方のことで行かなくちゃいけねえとこがあるんでな」

たったの十間ほど動かすだけである。だが、亀島川の川幅には限りがある。大型の屋形船を桟橋に横づけさせるのには、船頭の腕前が必要だ。源三は、そこを見たかった。

「へい。なんとか、やってみましょう」

自信のない口ぶりであったが、熊次郎は受けた。

「それじゃ、今すぐ頼まあ」

源三に言われて、熊次郎は桟橋へと下りた。堤から離れ、源三は熊次郎から目の届かないところで、手繰りの様子をうかがった。

「うめえもんだな。あれだったら……」

源三は、独りごちると同時に足を巽家へと向けた。

「あら、源三さん早かったですわね」

驚いた顔をして音乃が迎え入れる。

「熊次郎は、屋形船を漕げますぜ。思ったより、いい腕をしてやした」

「やはり……」

唸るような声音を発し、音乃は腕を組んで考えはじめた。

「……どうやって、熊次郎さんに訊こうかしら？」

その手順が大事と、音乃は考えを巡らせた。

六

長八が血相を変えて飛び込んできたのは、音乃が考えを巡らすその最中であった。

「大変なことが起きやしたぜ」

長い顔を上気させて、長八の第一声であった。

「大高屋の番頭が、いなくなったんでさあ」

「番頭さんて……？」

「四十前後で、眉毛が毛虫みたいに濃く、鼻の穴が正面から見え……」

長八が言う顔容姿からして、先日音乃と相対し、そして満濃山藩肱川家の上屋敷に入っていった番頭に間違いない。

「番頭の名は、庄衛門っていうんですがね」

音乃は、番頭の名を一昨日に聞いて知っている。

「三日前、どこに行くとも告げずに店を出て、それから帰って来てないって、雇われたばかりの小僧が言ってやした」

三日前というと、肱川家の上屋敷に入っていったその日。翌日には『――高熱を出して寝ている』と、手代は言っていた。そのときは、屋敷の中に庄衛門はいなかったのだ。

「庄衛門さんの行き先は分かってます。満濃山藩肱川家の上屋敷……」

「大名屋敷じゃ、あっしらは……」

手に負えないと、長八は困惑する表情となった。

「今、そこにいるかどうかは分かりませんが」

もうこの世にはいないかもしれないと、音乃は眉根を寄せて不安を口にした。

「ところで、ご主人の五郎左衛門さんのお弔いはなされたのか、長八親分は何か聞いてます?」

「なんですか、夜中にそっと菩提寺に遺体を運んだとか。それにしても、どうしてそれほど隠すのでしょうかね」

「ご家族まで丸め込んで、五郎左衛門さんの死が世間に知られるのを、とにかく恐れているのでしょう」

「なぜに、そんなに恐れることがある？」

丈一郎の問いであった。

「さて、なぜでございましょうか？」

音乃が首を傾げたところに、長八はさらに問いかける。

「そもそも、なんで五郎左衛門さんは殺されなくちゃいけなかったんでしょうかねえ？」

「何か、殺したい事情があったんでしょう。それは殺した本人から、訊く以外にございませんね」

今は、こんな当たり前な答しか返すことができない。語ったあとに、ふーっと大きなため息が音乃の口から漏れた。

さて、何から手をつけていこうか。

熊次郎とお登勢から聞き込む前に、音乃には行きたいところがあった。

「深川相川町のお化け長屋に行って、弥三郎さんて人に会ってこなくては」

まずは、音乃の持っている石が、本物かどうかを確かめる必要がある。

「行くんでしたら、あっしが対岸まで漕ぎやすぜ」

源三が、舟を漕ぐと買って出た。徒歩で深川に行くには、大回りして永代橋を渡らなくてはならない。舟で大川をつっきれば、そこは深川相生町である。四半刻は短縮できる。

「そうしていただいたら、ありがたいです」

「さっそく出かけやすかい？」

音乃と源三が、一足早く家を出て深川へと向かった。長八は本来の仕事に戻り、丈一郎は家で待つ。

深川相生町の甚兵衛店《じんべえだな》は通称『お化け長屋』と呼ばれ、その名のほうが通りがよい。

「聞きしに勝る、凄いところですぜ」

「凄いって、どう凄いの？」

「まあ、行ってみりゃ分かりやす」

源三の案内で、音乃はお化け長屋に足を一歩踏み入れた。三方が高い蔵塀で囲まれ、昼なお暗い陰鬱とした雰囲気は、今にもあちらこちらから妖怪、もののけの類《たぐい》が顔を出してきそうである。

「お化け長屋とは、よく言ったもの……」

その様子に、音乃も得心する。

「源三さん、あそこに人の霊が……」

音乃が足を竦《すく》める。長屋の奥に植わる柳の下に、ぼんやりと立つ人影に怖《お》じけた。解けた髪を背中まで垂らし、いつぞや芝居で観た『怪談欅坂《けやきざか》の亡霊』に出てきた女の幽霊を彷彿《ほうふつ》とさせる。

「墓を掘り起こしたことのある音乃さんでも、お化けは嫌いですかい？」

「好きではないです」

「よくご覧になってくだせえ。滋養が足りず痩せ細ってやすが、あれは正真正銘の生きた女でやすぜ。ちょっとあの女に訊いてみやしょう」

音乃と源三は、長屋の奥でぼーっと立つ女に近づく。

「この長屋に弥三郎って人は住んでやすかい？」

源三の問いに、女はゆっくりと顔を向けた。こけた頰の中ほどにある、小さな口が辛そうに開く。

「弥三郎さんですかえ……？」

細々とした声で、女が返す。

「でしたら、あそこ」

だらりと垂れた右の手を持ち上げ、破れ障子の戸口を指差す。力が入らないか、指先が曲がっている。

悪い油を使う行灯《あんどん》の明かりは、ぼんやりとして暗い。

佐渡帰りの弥三郎は、ジージーと焦げた臭いが鼻につく薄明かりに金石を翳《かざ》し、まじまじと見やっている。

「こいつは山金《やまきん》……」

「山金て言うんですか？」

「山で採れるのを山金、川で採れるのを砂金《さきん》ってんだ」

音乃に顔を向けることなく、弥三郎は石から目を離さずに言った。

「どうでしょう？」

音乃のせっつきに、ようやく弥三郎の顔が向いた。顔中髭《ひげ》だらけで面相がはっきりしないが、ゆうに五十は越えている。長年の間、金の採掘場で鶴嘴《つるはし》を握り、その過酷な労働に苛《さいな》まれた男の哀愁を、音乃は弥三郎に感じていた。

「これは、山から掘り起こされた金石じゃねえな」

「と言いますと……?」

「作られた金石だ」

「えっ」

やはりといった顔で、音乃と源三は互いを見やった。

「これは粘土に金の粉をまぶし、焼いて固めたものだ。本当の山金ってのは、こんなもんじゃねえ」

「どういうことです?」

「金の粒々は、おそらく小判を削って練り込んだもんだろう。金の原石なんて、ほとんど誰も見たことがねえだろ。他人《ひと》を誤魔化《ごまか》すなんて、屁《へ》みてえなもんだ」

「間違いございませんか?」

「俺はなん年もの間、毎日々々あの暗い坑道で金を掘ってたんだ。いく度島抜けをしようと思ったかしれねえ。知ってのとおり、佐渡は海に囲まれた小さな島だ。八里の波を泳いで逃げようなんて……」

弥三郎のぼやきを聞きながら、音乃は赤褐色の塊を手に取り、改めてじっくりと見やった。

音乃は巽家に一度戻り、丈一郎と共に舟玄へと足を向けた。

「だんだんと、謎が解けてきたような気がします」

歩きながら音乃は、弥三郎から聞いた話を語った。

「どれほどの人が、この贋物の石に騙されておりますことやら」

懐に収めてある石に手を当てて、音乃は言った。

「前代未聞の、詐欺事件ってことか」

「おっしゃるとおりです。そして、騙りの源は、おおよそ分かっております」

「満濃山藩肱川家だってか？」

「おそらく間違いはないでしょう」

「ならば音乃、おれたちの探索はここまででいいのでは。熊次郎とお登勢から話を聞き出せば、ほとんど裏が取れるだろうからな。畏れながら、とお上に差し出せば、権六もすぐに大番屋から出すこともできるぞ」

「ですがまだ多くの謎が。それらを明らかにしませんと、まだまだ一筋縄ではまいらぬものと」

夏の日射しが照りつける。音乃は手巾で、額の汗を拭いながら言った。

「平野屋さんを襲って三千両強奪したのが、どこの家中のお侍たちか。それと、大高屋五郎左衛門さん殺しの下手人は誰なのか。それに加え、番頭庄衛門さんの安否、金尻屋加和太郎さんの行方……」

「すべてを明らかにしない限り、北町影同心の荷を下ろせないってことか」

丈一郎も、手巾で額の汗を拭っている。

「……まだまだ、暑い日がつづくか」

うんざりとした口調で丈一郎は呟くも、

「権六親方を救い出すためだ。もう一踏ん張りするか、音乃」

気持ちを戻して、意気込みを口に出した。

「ええ、もちろんですとも。あの牢屋の中にいたらこんな暑さなど屁のような……いや、はしたない」

おほほと笑って、音乃は言葉を閉じた。

七

船頭たちは出払って、舟玄にいるのはお登勢一人であった。

聞き込みをするのに、都合がいい。

「おや、お二人さんそろって……」

「ちょっと、お登勢に聞きたいことがあってな」

「亭主のことですかい？」

「ああ、そうだ」

丈一郎とお登勢が応対しているところに、先に戻っていた源三が加わる。

「姐《ねえ》さん、熊はどこ行ったか知りやせんか？」

お登勢に、源三が問うた。

「今しがたお客さんを乗っけて千住《せんじゅ》まで行ったけど、熊さんがどうかしたんかい？」

「いえ、別になんでもねえんで。ちょっと、船を動かしてもらおうかと」

「そうかい。でも、さっき動かしたんではなかったんかい？」

お登勢は、見ていたのだ。迂闊《うかつ》だったと、源三は自分の口を悔やんだ。

「いや、そうじゃねえんで……」

源三は、咄嗟《とっさ》に言いわけを考えた。それが、慌てる口調となった。

「なんだい、おかしな源さんだねえ」

源三は気持ちを切り替え、お登勢から聞き出すことに決めた。

「姐さんだけに言いやすが、あの夜屋形船を動かしたのは、どうやら熊のようなんで」

「なんだって？　だけど熊さんは、屋形船は漕げないんでは……」

「ですから、さっき試したんですよ。なんてことはねえ、うめえもんで」

「それじゃ、うちの人は？」

　ここで音乃は、権六との約束を破ることにした。そうでもしないと話が進まないと、音乃は心の中で権六に謝った。

「熊次郎さんを、庇《かば》っているものと」

「えっ、熊さんをかい。音乃さんは、どうしてそれを？」

「大番屋に行って、親方から聞いてきました」

「どうやって、大番屋に……？」

　滅多に入れないだろうと、お登勢の眉が八の字になって歪んだ。

「お義父さまとわたしの亭主は、元はといえば八丁堀の凄腕同心。いくらでも、入る伝手《つ て》はございます。そうそう、権六親方はお元気です。お登勢さんには安心しろと伝えてくれとおっしゃってました」

「そうですか。ありがたいこって、ほっと安堵しました」

「そこで親方は、詳しいことはお登勢さんから訊けって」

「訊けって、何を……？」

「熊次郎さんと親方の関わりだと。何か、昔世話になったと……ねえ、源三さん」

「ええ。熊次郎がここに来たとき、親方はそんなことを言ってやした」

「権六親方は、熊次郎さんを庇って自分が罪を被ろうとしているのです」

音乃と源三の問いに、お登勢の目には光る物が滲んでいる。それを、袂の袖で拭いやる。

「馬鹿だねえ、あの人は」

貶《けな》し口調は、亭主の情を思いやってのことだ。

「そこで姐さんに訊きてえんだが、熊次郎は、ここに来る前は何をしてたんだか知ってやすかい？」

源三の悶っ引き口調に、お登勢も引き込まれる。ここは気性が合う源三に任せようと、音乃と丈一郎は聞き役に回った。

「熊さんてのはああ見えても、日本橋にある大店《おおだな》の次男坊でね……」

「へえー、初めて聞きやすね」

「最後まで、黙ってお聞きよ。穀潰《ごくつぶ》しというのかねえ、放蕩《ほうとう》の限りを尽くしてとうとう家を勘当になっちまった。舟玄《ここ》に来る前は、柳橋《やなぎばし》の船宿に転がり込んで、船頭になったってことさ」

「なんだか、落とし噺《ばなし》に出てきそうな話ですね」

「そこに三年ほど厄介になって、浅草の観音様は四万六千日《しまんろくせんにち》の縁日のとき、客と大喧嘩をするというしくじりをやらかしちまって、船宿を飛び出しちまったんだと。半年ほどぶらぶらしてたところを、親方とばったり会って、舟玄に連れてきたってことさ」

「三年も船宿にいたら、屋形船はなんとか扱えやすね。けど、なんで舟玄では半人前の振りを……？」

「ここに来たときは、二度と舟は漕ぎたくはなかったらしいのさ。だけど、ほかに行くあてもないし、ここにいれば三度の飯にもありつけるし、雨風を凌ぐこともできるってところかね」

「……嫌々やってたってことですかい」

　源三は得心したか、呟きながら小さくうなずいた。

「うちの人は熊さんというより、父親に大変な恩義があってね。八年ほど前、傾きかけていた舟玄にポンと百両融通してくれて、助《すけ》てくれたことがあったのさ。うちの人の父親と熊さんの父親の父親、つまり爺《じい》さん同士は同じ故郷《くに》の生まれでね、一旗揚げようと一緒に江戸に出てきたって聞いている。たったそれだけのことでポンと百両、義理堅いってもんさ。あんときは、本当に救われたって感謝してた」

権六が言ってた借りとは、熊次郎ではなく、その父親からだったかと音乃は思いを改めた。

「姐さんは、その大店ってのがどこだか分かりやすかい？」

「たしか本石町の米屋で、平野屋さんていったかねえ」

「な、なんですって！」

源三が、素っ頓狂な声を出して驚く。音乃と丈一郎も、これには驚かざるを得ない。声は出さずとも、目を瞠《みは》ってお登勢を見やった。

「どうしたんだい、その驚きようは？」

「いや、なんでもねえんで。姐さんにはあとで話しやすから、今はこのことを絶対に誰にもしゃべらねえでもらいてえんで」

「何か、深い事情《わけ》があるようだね」

「ええ。親方を救い出すため、音乃さんたちも一所懸命でして……」

「ありがたいねえ、音乃さんに旦那。あたしも、それまで口を塞いでおくよ」

お登勢が二人に向けて、大きく頭を下げた。

権六は、音乃に対して平野屋のことは一切口に出さなかった。大番屋で熊次郎のことを話したとき、お登勢に聞けと言ったのはこのことだったかと、ようやく音乃は得心できた。それと同時に、事件解決の大きなうねりを感じていた。

両国《りょうごく》までと急ぎの客が来て、源三は船頭へと戻った。

熊次郎にすぐに聞きたかったが、まだ戻っては来ない。千住まで行ったので、しばらくは帰らないだろうと、音乃と丈一郎は巽家に戻ることにした。

「お登勢の話には、驚いたな音乃」

「これほど平野屋さんが関わっているなんて、思ってもいませんでした」

亀島川沿いの堤を、話しながら歩く。驚きが消えないか、一町の道を暑さを感じることなく嫁と舅は話しながら歩いた。

「どっちを先に聞きましょうか？」

「平野屋か熊次郎ってか。だったら、熊次郎のほうが先かな」

「でも熊次郎さん、すんなりと話してくれますかどうか」

「だが、熊次郎に聞いてからのほうが、平野屋にはとっつきやすいのではないか」

「そうですわね。ここは落ち着いて、熊次郎さんの帰りを待ちましょうか」

暑くもある。ここは家で西瓜でも食し、休もうということになった。熊次郎の帰りは、源三が報せに来ることになっている。

家に戻り、足を崩しながら冷やした西瓜を食せば疲れも取れる。だが、口のほうに休みはない。

「音乃、先に権六が捕らえられた経緯を聞いておこうか」

西瓜を食し終わり、口と手を濡れ手拭いで拭きながら丈一郎が促した。

「かしこまりました。権六親方の話ですと……」

権六からの又聞きを、音乃は小声でもって語りはじめた。

「半月ほど前から熊次郎さんの様子がおかしくて、親方はずっと気を配っていたそうです。そして先だって問い質《ただ》すと、三百両貸してくれないかと頼まれたそうで……」

七日ほど前のこと――。

第四章　火焔の啖呵《たんか》

一

三百両なんて大金持ってなければあっさり断りもできたのだろう。

危険を伴う稼業の舟玄に、何か事があったらとのために貯めた三百両がある。

「——何に使うんだ？」

と、権六は問うた。

「へい。実家の平野屋がどうも危ねえらしくて……」

「潰れるってのか？」

「つまらねえ事に手を出してかなりの損を……そんな噂が耳に入りやして。あっしも放蕩三昧《ほうとうざんまい》で勘当された身ですが、親父もいつくたばっちまうか分かりません。生きているうちに、一つでも親孝行の真似事をしてえと思いやして」

「そうだったのかい」

平野屋には恩義がある。いつかはその恩返しをと考えていても、機会というのはそうそう訪れるものではない。

「なんとかしようじゃねえか」

これが恩返しの機と、権六はとらえた。百両の恩を三百両で返す。これも権六の男気であった。

「本当ですかい？」

「ああ。ただし、お登勢には内緒だ」

「すいません親方、恩に着ます」

「いいってことよ」

泣いて頭を下げる熊次郎を権六は宥《なだ》め、三百両を隠してある押入れの中から取り出した。

その翌日のこと、権六が船着場に立っていると猪牙舟に乗った商人が訪ねて来た。舟から下りて、権六に話しかける。

「こちらに、熊次郎さんという船頭さんはおられますか？」

「いますけど、今はお客を乗せて出払っていますが……どちらさんで？」

「それでは、またうかがわせていただきます」

と言うと、待たせてある猪牙舟に乗り込みそそくさと去っていく。

おかしな商人だなあと見やっているところを、一石橋まで客を乗せてきた由松は見ていたのである。

隠してあった三百両がなくなっていると、お登勢から問い詰められて、刃物沙汰の夫婦喧嘩となった。

そして、お登勢が家出をした日の夜――。

夜も更けて四ツを報せる鐘が鳴って四半刻もした時分、二階《した》で寝ていた権六は、小さな物音で目を覚ますと、熊次郎が外へと出ていくのを目にした。寝巻きのまま権六が外に出ると、舟玄の持ち舟である屋形船が高橋《たかばし》を潜《くぐ》ろうとしている。

「……熊次郎は漕げねえはずだが」

だが、漕いでいるのは熊次郎しかいない。怪訝に思い、権六は桟橋に下りると猪牙舟に乗り込んだ。屋形船が大川を上流に進路を取ったところで、権六は見失った。

権六は、船手頭《ふなてがしら》向井将 監《むかいしょうげん》の組屋敷から大川《おおかわ》に出ると、迷わず上流へと舵《かじ》を向けた。

下流はすぐに江戸湾である。潮の流れがある海を、大型の屋形船を一人で漕ぐのは手際のいい船頭でも至難である。

「……どこに行きやがった？」

しばらく追いながらの権六の呟きは、川風に消し飛ばされる。大川を行き交う川舟の数は、この時分になるとめっきりと減っている。それでもいく艘かは、すれ違う舟もある。権六が舟を漕いでいたと証言した船頭は、その姿を見たのであろう。

永代橋《えいたいばし》を潜って、一町ばかり行ったところで舟玄の屋形船が泊まっている。

ここまでを早口で説いて、音乃は一拍の間をおき息を整えた。

「屋形船が着いていたところが、永代島は御船蔵の桟橋。町屋の舟は近づけないところです。あんなところで……」

権六は屋形船に近づき、乗り移ってみたがすでに人影はない。屋形船を漕いできた熊次郎も、いなくなっている。

「いってえ何があった？」

独りごちるは、気を落ち着かせようとの含みがある。そして権六は、恐る恐る障子戸を開けた。

「こっ、こいつは……」

仰天で足が竦《すく》むも猪牙舟に戻り、権六は急ぎ宿へと帰った。屋形の中に人が倒れていた光景と、これから先のことが頭の中で混じり合って、良識の判断ができずにいる。この時点では、まさか自分が捕らえられるとは、権六も思ってはいない。

宿に戻り、夜具に入っても寝つけるものではない。どうしようかと考えるうちに、日付けが替わりさらに夜が更ける。

番屋に届け出れば、熊次郎が捕らえられる。権六の頭の中ではそれしか思い浮かばない。だとすれば、迂闊にお上に届けることはできない。権六は、船頭が戻っていないかと確かめようとしたところで、戸口の開く音が聞こえた。

「……誰か、帰ってきやがった」

権六は、夜具を払い飛ばすと戸口へと向かった。帰ってきたのは、熊次郎であった。

「いってえ、今まで何をやってた？」

震える声で、権六は熊次郎に問うた。

「すいません」

とだけしか言わない。

「誰にも気づかれねえよう、上で寝ていろ。あしたの朝、話を聞くから」

「へい」

忍び足で、熊次郎は二階へと上がっていく。

さらに一刻近くが経っても、権六の頭は冴えるばかりである。一番鶏の鳴き声が聞こえたところで、権六は外で頭を冷やそうと起き上がった。桟橋を見ても、むろん屋形船は戻っていない。夜中に盗まれたことにしておこうと、権六は家の中へと戻った。

「厠《かわや》に行こうと二階から下りてきた貞吉さんに、そこを見られたのでございましょう。うつらうつらとしているうちに、明け方を迎えました」

あとの語りは、すでに丈一郎も承知するところだ。音乃は、権六の話をそのまま伝え終わると、ふーっと大きく息を吐《つ》いた。

一呼吸おいて、丈一郎の口がおもむおろに開いた。

「だったらなんで権六は、その話を吟味与力にしないのだ？」

「その理由《わけ》は、お登勢さんから聞いて、わたしも初めて知りました。あの親方の性格では、とても……」

「義の厚い男なんだなあ。今どき、珍しいもんだ」

「ですから権六親方は、まったく大高屋五郎左衛門さんのことはご存じないのです」

「……つまらねえ、罪を被りやがって」

ため息混じりの呟きを、丈一郎が漏らした。

正午《ひる》が過ぎ、昼《ひる》八ツが近くなっても熊次郎の戻りはない。どうしたかと、気が揉んでくる頃合いとなった。

「たたっ、大変だぁー」

血相を変えて、源三が転がり込んできた。

「くっ、熊次郎が、しっ、死んだ」

「なんですって！」

「げっ、源三、落ち着いて話せ」

慌てふためいているのは、丈一郎も同じである。

「とっ、とりあえず来ておくんなせえ」

おっとり刀で舟玄に駆けつけると、町方同心の高井と長八が聞き込みを行っている。

「よく事件が起こる船宿だな。ところで、熊次郎が殺される謂《いわ》れはないのか？」

「……殺されたって？」

音乃と丈一郎の呟きが、奇《く》しくもそろって聞こえた。

「まったく覚えがございません」

ガックリと肩を落として、お登勢が高井と応対をしている。音乃は詳しく話を聞こうと、長八の袖を引いた。

「どういうことなんです？」

少し離れたところで、音乃と丈一郎、そして源三が長八の話を聞いた。

「千住からの帰りだったようで、それは女将さんから聞きやした。ですが、死んでたのは佃島《つくだじま》の先の、江戸湾の河口あたりで浮いてたのを漁師が見つけて、番屋に知らせたって次第《しでぇ》で。ちょうど満ち潮だったんで、海には流されなかったと漁師は言ってやした」

「下手人は……？」

「侍とみて間違いありやせん。一刀のもとでしたから」

丈一郎の問いに、長八が答えたところであった。

「ちょっとよろしいですか？」

話に割って入ったのは、若い船頭の由松であった。

「おう、由松。なんか知ってることがあるのか？」

源三が、由松に問うた。

「へい。一刻ほど前、熊次郎さんが客を二人乗せて大川に向かうところを見ました」

由松は八丁堀、通称桜川《さくらがわ》に架かる稲荷橋《いなりばし》の下で、熊次郎が漕ぐ舟を見たという。

ちょうど、亀島川と桜川が合流するところだ。

「乗ってた客は、どんな形《なり》だった？」

源三が、岡っ引き口調で問い質す。

「お侍のようでした」

「見たのは、そこだけか？」

「ええ」

なぜ尾《つ》けなかったとは、源三は言えない。

「分かった。由松は姐《ねえ》さんのところにいって、慰めてやってくれ」

由松が去ると、源三は苦渋の表情で語る。

「熊の帰りを待ってたんですが、舟を下りる間もなくその侍たちを拾ったんですね」

「その侍たちって、熊次郎さんの帰りを待ち構えていたのかしら？」

「おそらく、そういうことだろう。口封じのためにな」

口惜しそうに、丈一郎が言う。

「おおよそ、下手人はつかんでいます。こっちが何も知らないと思って、次々と口封じに走ってるのでしょう。いっときも早く捕まえるため、お義父さま、これから平野屋さんに行きませんか？」

――大名家だって、許しちゃおけない。

その前に、調べたいことがある。

「長八親分、お願いがあるの」

音乃は長八のそばに寄り、二言三言話しかけた。

「がってんで」

言い残して、長八は去っていく。

平野屋に行けば裏づけが取れる。それを手はずに、音乃は単身乗り込もうと肚《はら》に決めた。

二

音乃と丈一郎は、そのまま足を平野屋へと向けた。

平野屋の店先では、暑さに関わりなく奉公人たちが忙しく動き回る姿があった。

「主の唐八郎三衛門さんはいるかね？」

手代らしき男に、丈一郎が声をかけた。

「中にいると思われますが……」

商人にしては、つっけんどんなもの言いである。それと、言い方がおかしい。大八車に載っているのは米俵ではなく、箪笥《たんす》や火鉢《ひばち》などの家財道具である。

「音乃、中に入るか」

「はい」

店に一歩足を踏み入れると同時に、音乃と丈一郎は啞然として体が硬直した。人は誰もいない。

「これは、いったい……？」

まるで、米騒動の取り付け騒ぎがあったような店の中の荒れ方であった。帳場の文机はひっくり返り、大福帳などの帳簿があたりに散乱している。

丈一郎は外に出て、手代らしき男に問う。

「いったい何があった？」

「知りませんね。おい、行くぞ」

男は面倒臭そうに丈一郎に返すと、荷車を牽《ひ》く小僧に声をかけた。

平野屋の奉公人だと思っていたのが、違っていた。たった一日か二日で、平野屋の様相はガラリと変わっている。

音乃と丈一郎は、断りもなく上がり母家へと入っていった。

広い屋敷である。

「どなたかおられますか？」

大声を飛ばしても、まったく返事がない。

「誰もいないのかしら？」

一部屋ごとに障子戸や襖を開けて、奥へと向かう。しばらく行くと、破れた唐紙の向こうから、女のすすり泣く声が聞こえてきた。

「この部屋だな」

丈一郎が言うと、音乃は無言でうなずきを返した。

「どなたかおられますのね？」

しかし、内側からの返事はない。嫌な予感が、音乃の脳裏を去来する。

「ごめんなさい、入ります」

音乃は襖の引手に指をかけると、ゆっくり開けた。

八畳の部屋の中ほどで、五人の男女が一塊《ひとかたまり》となって座っている。

戸口に立つ音乃と丈一郎に顔を向ける者は誰もいない。その中に、老いた男の姿があった。音乃も丈一郎も、言葉を交わしたことのある唐八郎三衛門である。

「……ずいぶんとした変わりよう」

音乃の口から、呟きが漏れる。この数日の間に、さらに十歳以上も年老いたような唐八郎三衛門の変わり果てた姿であった。すすり泣く女二人は平野屋の新造《しんぞう》たちか、老いた女は唐八郎三衛門の妻、若い女は若旦那の妻女とみられる。

「どうしてうちだけ、次から次に不幸が……」

嘆きを漏らすのは、二十代半ばの男であった。苦渋を漏らすも、泣いてはいない。初めて見る平野屋の若旦那と思《おぼ》しき男に、音乃も丈一郎は小さく首を傾げた。あきらかに、熊次郎よりも年下に見える。その脇に五歳くらいの男児が座り、嘆き悲しむ大人たちを心配そうに見やっている姿があった。

若旦那とみられる男の手に、光るものが握られている。それは、鞘から抜かれた九寸五分の匕首《あいくち》であった。

「いけない」

音乃は声をかけると、若旦那に近寄り匕首を取り上げた。平野屋の家族が、一家心中を起こそうとしていた、まさに矢先であった。

「何をなさろうとしていたのです？」

音乃の問いかけと同時に、女二人は畳に突っ伏し号泣する。母親につられ、男児も声を出して泣きはじめた。

「ああ、あんたたちは……」

ようやく唐八郎三衛門の顔が上を向いた。音乃と丈一郎を交互に見やりながら、唐八郎三衛門が口にする。

「早まったことを、するのではない」

丈一郎が、穏やかな声で諭した。

「いや、もう平野屋は一巻の終わりだ」

首を大きく左右に振って、唐八郎三衛門は言う。

「何を申されます。こんな小さなお子さんまで道連れにしようとは、それでも平野屋のご主人といえますか。なんと、不甲斐《ふがい》ない！」

音乃の、怒声混じりの説教に、唐八郎三衛門も恥じるか頭をガクリと下げた。その、下がった月代《さかやき》に向けて音乃は語り出す。

「ご主人は、霊巌島で船宿を営む権六というお方をご存じですか？」

「ごんろく……いや……あっ」

少し間が空いたが、唐八郎三衛門は思い出したようだ。

「八年ほど前に、その権六親方は大旦那さまに助けていただいたそうな。今親方は、ある事件に巻き込まれて大番屋の中におります。無実の罪であるのは間違いございませんが、手酷い吟味に耐えて一切口を閉ざしているようでございます。このままいけば、獄門打ち首の断罪は避けられません。なぜに、親方は口を閉ざしているのか、わたくしは考えました。すると、どなたかを庇っているのが分かりました。それが、大旦那さまの息子である、熊次郎さんなのです」

「熊次郎が……？」

言いながらも、唐八郎三衛門の首が、さらに沈んだ。音乃はかまわず、唐八郎三衛門に向けて話しかける。さらに動揺してはまずいと、ここでは熊次郎の死を伏せて語る。

「恩義のあるお方のために、権六親方は沈黙を守っているのです。八年前、大旦那様は舟玄の親方に百両というお金を融通したと聞いてます。それで没落の危機にあった舟玄さんが立ち直ったと、ずっと恩義を抱いていたようです。男気のあることを、大旦那さまはなさいましたねえ」

音乃の、しみじみとした口調であった。言葉に減《め》り張《は》りをつけて、唐八郎三衛門の閉ざされた気持ちを誘《おび》き寄せる。

「聞けば熊次郎さんは、平野屋さんのご次男とか。その熊次郎さんは今、権六親方の世話になって、船頭さんとなられております」

唐八郎三衛門の顔の変化をうかがうように、音乃は語りをつづけた。何も変化がないということは、どうやらそのことは知っているようで、音乃に顔が向く。

「平野屋の倅だったとは、熊次郎から聞いたのか？」

　だいぶ近寄ってきたと思った音乃は、さらに唐八郎三衛門に語りかける。

「いいえ、この話を聞いたのは、権六親方のご新造であるお登勢さんからです。ところで、熊次郎さんは三百両というお金をこちらにお持ちしませんでしたか？」

「いいや。熊次郎とは四年前に家を勘当したきり、一度も会ってはいない」

「本当ですか？」

「嘘をついても仕方あらん」

音乃と丈一郎は、顔を見合わせた。

「三百両とは……？」

唐八郎三衛門の問いに、音乃は権六が融通した経緯を語った。

「権六親方が……」

「ええ。恩義のある平野屋さんの役に立てればと、ご夫婦が貯めた三百両です。それだけでなく、熊次郎さんを庇って罪を被ろうとしているのです」

「親方には、すまんことをした。手前から三百両を返したくても、この有り様ではどうにもならん」

両手を畳について、唐八郎三衛門は詫びた。しかし、その相手は大番屋の中である。

「屋形船で、どなたが殺されていたか、もうご存じですよね」

唐八郎三衛門の小さくうなずく姿を見て、音乃はここが機とばかり、懐から袱紗の包みを取り出した。

唐八郎三衛門の膝元に差し出すと、袱紗を開いて中を見せる。

「これは……」

目を見開いて、唐八郎三衛門が金石《きんせき》を見ている。

「同じものが、こちらさまにもあるのではございませんか？」

「ああ、今朝まではここにあった」

「今朝までとは？」

「見本としてまだ三十個ほど残っていたが、みんな持っていかれた」

「なんですって！」

「そんなに、持っていたのか？」

驚いたのは音乃で、問うたのは丈一郎であった。

「あれを持っていかれたら、平野屋はお終《しま》いなのです。家屋敷はむろんのこと、お父っつぁんと手前は死罪は間違いないでしょう」

苦々《にがにが》しく口にしたのは、若い旦那であった。前途を悲観して、一家心中を試みたようだ。

「若旦那さんですか？」

「そうです。手前は、平野屋の跡取りで蔵三郎《くらさぶろう》といいます」

「平野屋はお終いって、どういうことです？」

やり取りの中にも、女と子供の泣き声が間断なく聞こえる。

「蔵三郎、三人を向こうに連れていきなさい。もう、馬鹿な真似はしないとわしは心に決めましたから」

唐八郎三衛門の言葉で、女二人のすすり泣きは止まった。

「お父っつぁん……」

蔵三郎の立ち上がり方に、ほっと安堵した様子がうかがえる。

「みんな、向こうに行こう。さあ、立って」

蔵三郎は子供を抱え、妻女たちはよろけるように腰を上げた。

「生きていればなんとかなります。どうぞお気を強くお持ちください」

音乃の励ましに、妻女たちは一礼を残して部屋から出ていく。足音が遠ざかるのを待って、音乃が問う。

「平野屋さんがお終いとは？」

唐八郎三衛門が、重い口を開く。

「手前はこの金石を見本にして、武家や裕福な商人を相手に一口三百両の資金を募っていた」

音乃と丈一郎に、すべてを委ねるような語りはじめであった。

「仲介を引き受けていたのだ。一口募るごとに、一割の三十両が礼金として入る仕組みだ。儲け話に目が眩《くら》み、その上で自分でも十口《とくち》三千両を投げ打っていた。さらに、泣きっ面に蜂で三千両まで盗られた」

襲った輩《やから》は、まだ依然として不明である。それも、おおよそは見当がついている。それについては、唐八郎三衛門に聞くことはない。

「ところで、平野屋さんが扱っていた投資者の、お金の受取り証や預かり証などはございませんの？」

「すべては一冊の書留帳に収め、それは大高屋が持っている。受取り証など残しておいては、万が一幕府の手入れが入ったとき大変だとな」

大金を預かるにしては杜撰《ずさん》な管理だと、音乃は小さく首を傾げた。

「集めた金はみな、大高屋の奉公人が背負って運んでいった」

音乃は、それは違うと思った。運んでいったのは、商人に扮した肱川家の家臣たちだと。しかも、大高屋にではなく肱川家上屋敷へ。それには触れずに、音乃は口にする。

「元締めは、大高屋さんだったのですね？」

「ああ。あんたとは、大高屋の前で会ったな」

「よく憶えておいでで……ところで、なぜにこんなことに？」

「今朝早くいきなり人が押し寄せてきて、金目の物をみんな持っていった。手前が募った投資者たちの、取り付け騒ぎだ。その数、二十人以上はいただろう。これからまだまだ、来るかもしれん」

「お店の方たちは？」

「騒ぎを知って、どこかに逃げていってしまった。お侍たちが刀を抜いて取り立てにきては、仕方があらん。もう駄目だと思い、家族を道連れにと思っていたところで……」

「わたしたちが来たのですね？」

唐八郎三衛門が、懐から一枚の書状を取り出した。

「それが、こんな書状が昨夜のうちに届いて……」

「どうして、こんなことになったのだ？」

唐八郎三衛門の、小さな返事があった。

「ああ」

三

丈一郎にも読めるように、音乃は書状を開いた。

「平野屋殿……」

封書には、宛名が書かれている。差出人の名は記されていない。

「このたびの　金鉱採掘に投資され有り難く候……」

文のはじまりを、音乃は小さく声を出して読んだ。やがて黙読となって、十行ほどの文章はすぐに読み終える。金山の投資者すべてに、同時配達されたようだ。

「まったく、寝耳に水の話でして。手前が募った投資者は三十人。その人たちが、怒り心頭《しんとう》に発して……」

「そりゃ、怒ってくるだろうな。金鉱山の話は出鱈目《でたらめ》だったと、書状が届いては」

「出資された金子《きんす》は、返却できないとも書かれてございますね。おそらく、もう店仕舞いってことなんでしょう。お金を取るだけ取っておいて『はい、さようなら』って
……それにしても、卑劣千万」

怒りが音乃の脳裏に渦巻いて、地団駄《じだんだ》を踏む思いに駆られた。

「手前も、騙されたんです。ええ、大高屋から」

「その大高屋を繰《あやつ》っていた……つまり、金の鉱脈を持つ大名家がどちらであるか、大旦那さんはご存じなので？」

その答さえ知れれば、裏が取れたといえる。

「いや。それだけは、絶対に教えてはもらえなかった。某大名家とだけで……それよりも、金石を見せただけで投資者は思うように募ることができた」

「この金石は、贋物だというのはお気づきにならなくて？」

「えっ、これが紛《まが》い物だと？　まったく気づかなんだ」

「誰しも、金石なんて見たことはございませんでしょうから。粘土に小判を削って粉にし、焼き上げたものだそうです」

「誰から、そんなことを……？」

「金石に詳しい、学者さまからです」

佐渡帰りの弥三郎を、音乃はある意味学者と思えていた。

「こんな物のために、すっかり騙されてしまった」

悔やんでも悔やみきれぬといった苦渋が、唐八郎三衛門の言葉に滲み出ている。

「熊次郎さんも、同じ物に手を出していたのですね」

なぜに熊次郎が、金山の投資話に足をつっ込んでいたのか、死んだ今となっては分からない。

「熊次郎は昔から山っ気のある奴でな。儲け話と聞いたら、どんなことにでも手を出す。それが手前のやり方とは合わなく……いや、わしと同じ血を引いておった。熊次郎のことを、悪くは言えん」

「その熊次郎さんは……」

音乃は言っていいものか、丈一郎の顔をうかがった。すると、小さなうなずきが返った。

「きょうのことですが、舟の事故でお亡くなりになったと」

傷心に塩を塗っても仕方ないと、殺されたとは伏せて言った。

「なんだって！」

目を見開いて唐八郎三衛門は驚き、その大きな目から涙が止めどなく滴《したた》り落ちていた。

騒ぎが治まるまで、どこか別の場所に退避していたほうがよいと忠告して、音乃と丈一郎は平野屋をあとにした。

大高屋と金尻屋の様子が気になる。長八を向かわせているが、この眼でも見たいと日本橋本石町から目抜き通りを一路南に取った。

書状が届き、騙されたと損害を訴える被害者たちが、大高屋と金尻屋にも大勢して押しかけていると予想される。新両替町の大高屋まで、およそ十五町の道を音乃と丈一郎は汗を拭いながら急いだ。

日本橋を渡り五町ほど行って、中橋広小路に差しかかるところであった。向かいから、行き交う人を掻き分け近づいてくる男がいる。遠くからもその顔の特徴で、一目で長八であることが分かった。互いが速足なので、見る間に近づく。暑い日差しの下で、上気する顔がぶつかった。

日陰に避けて、三人の立ち話となった。

「まずは大高屋に行ってみたんですが、いつものように何ごともない様子で店は開いておりやした」

「大旦那と番頭さんがいなくなっても、平常どおりに……取り付け騒ぎみたいなのは、起こってませんでした？」

「へえ。店頭では、何も変わったことはありやせんでした。取り付け騒ぎって、なんです？」

金鉱投資の元締めである大高屋に、誰も押し駆けてこないというのはおかしい。

長八はまだ知らないことだ。音乃は手短に、平野屋のことを語った。

「そうだったのですかい。書状が出回って……でしたら金尻屋が……」

「金尻屋さんがどうされました？」

音乃が身を乗り出すように訊いた。

「それが、大戸が閉まり店は開いてなく、やはり裏に回ってみました。ここは中にすんなりと入れたんですが、誰もいない……」

「皐さんもいませんでしたか？」

「ええ。家の中は荒らされ、まるで世の中の泥棒が一どきに押し入ったような有り様で、家財道具から店の品物まで、金目の物で残っているのはありやせんでした。家人や奉公人たちは逃げてったみてえで、残っていた人は誰もいやせんでした。今、音乃さんが言ってた、取り付け騒ぎってのが起きてたんですねえ」

音乃の問いに、長八は眉毛を八の字に傾け、苦《にが》りきった表情で答える。

平野屋も金尻屋も、投資話の手先として使われていた。まだ、このような店がほかにもありそうな気がする。おそらく、江戸のどこかで同じような騒ぎが起きているだろうが、そこまで回るには時はないし手も足りない。

「近所の人に聞きやすと……」

音乃が思案を巡らせているところに、長八の話がつづく。

「今朝早くから、大勢の者が荷車を牽いて押し寄せ、あっという間に家の中の物をさらっていっちまったってことです。金目の物の取り合いでもって、喧嘩も起きていたようですぜ」

金尻屋も、平野屋と同じ憂き目に遭っていた。

――加和太郎さんが川に身を投げたのは、取り付け騒ぎをいち早く察してのことでしたか。

自害が未遂に終わったものの、やはり店には戻れずそのままどこかに逐電《ちくでん》した。それが音乃の読みであった。

「……皐さんはどこにいるのかしら？」

初めて会ったときは、気丈であった。女ながらも番頭を任され、頼りない加和太郎の代わりとなって、店を取り仕切っていた。音乃にしては、気の毒と思うより仕方ない。

――それにひきかえ、大高屋が何もないというのは、どう考えてもおかしい。

「長八親分、申しわけないけどもう一度戻ってくださる？　ちょっと、気になることがあるので」

「ようござんすよ」

「三人で行くことはあるまい。おれは舟玄に行って源三と、熊次郎の件を調べる」

「かしこまりました。それでは親分、行きましょうか」

音乃と丈一郎は、その場でもって別れた。

たしかに、両替商大高屋に異変は感じられない。

店に出入りする客たちはみな、本来の取引きでもって来店しているようだ。その中に、騙りの被害に遭った様子の者は誰もいない。

「金尻屋と比べ、ずいぶんと静かなもんで。ここが元締めなんでしょ？」

大高屋の店先に目を向けながら、長八が問うた。

「そうなのよねえ。だから、おかしいのよ」

砕けたもの言いで、音乃は返す。

「音乃さん……」

「ええ、分かってます」

音乃も長八と同じところに目がいっている。脇の路地から出てきたのは、三人の武士であった。色柄が異なる薄羽織を纏《まと》い平袴《ひらばかま》を穿《は》いた姿はどこかの家中の者とみて取れる。

「……満濃山藩肱川家家臣」

音乃の第一感が、呟きとなって出た。

「長八親分、あのお侍さんたちを尾けましょう」

「へい。金尻屋さんへは……？」

「親分の話で充分……おや？」

大通りに出て、侍たちは北へと道を取る。音乃が首を傾げたのは、てっきり南に向かうと思っていたからだ。肱川家の上屋敷の方向ではない。

京橋を渡り、日本橋の目抜き通りを三人は肩で風を切るように並んで進む。

「……この方向は」

音乃の脳裏に浮かんだのは、駿河台にある伊予は宇月藩坂脇伊豆守弾正の上屋敷であった。大高屋よりも、米穀商の平野屋と縁がある。宇月藩も金の鉱脈に関わりがあり、みな糸を辿れば、つながっている。

「少し歩くかもしれませんよ」

三人の侍から目を逸らすことなく、音乃は長八に言った。

「歩くって……？」

「駿河台まで」

「ちょっと、遠いですね」

暑さに弱そうな長八の、うんざりとしたような口調であった。

「わたしは、平野屋さんを襲ったのは、坂脇家の家臣だと思ってるの」

「ええっ！　初めて聞きやしたね」

「まだ裏づけは取れてないので、多分といったところだけど」

すでに、太鼓形をした日本橋が見えるところまで来ていた。

「音乃さん、お侍たち右に曲がりますぜ」

日本橋の袂《たもと》を右に曲がり、川沿いを歩く。駿河台とは、別方向である。

江戸橋から、西と東の堀留川《ほりどめがわ》を渡り小網町《こあみちょう》へと向かう。そこまでは、町屋である。

三人の武士は、小網町から武家地へと入っていくと、にわかに人通りが寂しくなった。武士たちとは、少し間をおき音乃と長八はあとを尾《つ》ける。一帯は浜町《はまちょう》と呼ばれる武家地で、大名家の上、中屋敷と大身《たいしん》旗本の屋敷が建ち並ぶところである。水野周防守《みずのすおうのかみ》の中屋敷の隣に建つ、屋敷の中へと、三人の武士たちが入っていく。

「……どちらのお屋敷かしら？」

門構えや、屋敷塀の様子から三千石級旗本の拝領屋敷に見て取れる。近くの番屋で、誰の屋敷かを訊ねた。

「幕府勘定奉行のお一人である、久松主税《ちから》様の屋敷でさあ」

番人が、ためらいもなく教えてくれた。

「えっ、勘定奉行って……」

想像もしていなかった。勘定奉行久松家の脇門を入っていく三人の武士に、音乃は思わず声を出した。

「考えれば考えるほど、頭が混乱してきます」

「あっしもですぜ」

久松家の正門を離れたところで見やりながら、音乃と長八が啞然としている。

「謎が謎を呼ぶってやつでやんすね」

「勘定奉行に、用事があってきたお侍とも思えない」

それは、門番との接し方を見ていれば分かる。あきらかに、久松家内部の者と分かる。

「……またも、勘定奉行」

音乃が関わる事件に、幕府の勘定奉行が絡むことが多い。この年の二月にあった事件も、勘定奉行の一人が立身出世を目論《もくろ》み、不正を働き断罪を受けている。カネが絡む役職だけに、汚職も蔓延するのだろう。まだ、勘定奉行が関わっているとは断定できないが、音乃の頭の中では幕閣に通じる図が描かれていた。その探索のために、平野屋の押し込み事件が回ってきたのである。

「……その裏を探れってことでしたね。なるほど、なるほど」

うなずきながら、音乃の顔には不敵な笑みが浮かんでいる。

「どうかしましたかい？　なんですか、ニヤリとして……」

「大きな山場が来そうです。長八親分、高井様とはよろしいので？」

「ええ。熊次郎さん殺しの下手人を探るため、日本橋から銀座のほうに行くと言っておきやしたから」

「ならば、まだお付き合いできますね？」

「もちろんで」

「一度霊巌島に戻り、考えを練り直しましょ。西瓜も冷えていることでしょうし……」

すでに、夕七ツはゆうにすぎている。音乃は急に空腹を覚えた。

四

――なぜに勘定奉行の久松様が、関わりをもってくる？

「金鉱脈採掘の筋立ては、満濃山藩肱川家が描いたものに間違いないとして……」

道すがら、音乃はぶつぶつと独りごちながら歩を進める。

「ねえ、親分……」

そして何を思いついたか、並んで歩く長八に声をかけた。

「へい、なんでしょう？」

「わたしの格好、どんな風に見える？」

「どんな風って訊かれやしても……まあ、いつものようにお美しく」

「そうではなくて、町人の大年増《おおどしま》に見えないかしら？」

女も三十歳を過ぎたら、大年増と言われる。しかし、音乃が若作りをすれば、十八にも見られるくらいに娘になりきれる。この年二十四歳になるが、普段の姿でも二、三歳は若く見られる。とても、大年増には見えようがない。

「とても、そんなお年には見えませんよ」

「でしたら、何歳《いくつ》くらいに？」

「そうですねえ、遠目で見たら十七、八。近づいたところで、二十は越えてるかどうか。面と向かって、齢が相応。きょうは暑いんで、ちょっと疲れ気味からしてそれよりも三つばかり年上ってところ。とても大年増と呼ばれるには、ほど遠い感じがしやす」

すると音乃は、頭に挿してある鼈甲《べっこう》の簪《かんざし》を一本抜いて、ほつれ髪を垂らした。

「何を考えておりやすんで？」

その上、薄く施した化粧を部分的に落とし、顔に小さな斑《まだら》を作った。

「これでどう、少しは老けたでしょ？」

「ええ。ですが、着ているものがちょっと派手で……」

麻布《あさぬの》の小袖に、茶屋染《ちゃやぞめ》で描いた団扇《うちわ》と朝顔と金魚の模様が散りばめられた柄《がら》である。夏向きであるが、大年増が纏うには柄が大胆である。

「なんかちぐはぐって気がしやすが……」

「手鏡があれば……おや、あそこに古着屋さんが」

音乃は袂から巾着を取り出すと、中をのぞいた。

「足りるかしら？　親分、いくらかもってません？」

「何を買いますんで？」

「紗《しゃ》の羽織を調達したいと。持ち合わせが、ちょっと……」

屈託なく銭を無心する音乃に人間味を感じ、長八の長い顔に少しばかり笑みが浮かんだ。

「二朱ばかりでしたら。ところで、なぜにそんなことを……？」

「ちょっと、考えが浮かんだんです。家に帰るつもりでしたけど……」

古着屋の軒下を借り、音乃は長八に考えを語った。

「ええっ。そんな大それた……！」

「そうでもしなければ、真相は探れないでしょ。もう、親方を救い出す時は限られているの」

「へえ。そいつは分かってますが、いくらなんでも」

長八は怪訝げに、首を捻って言う。

「いいから、わたしに任せて。親分は、巽の家に行ってお義父さまに伝えてください。今夜帰らなかったら……」

音乃は、梶村の名を出すかどうか迷った。

「どうなさるんで？」

「朝一番で、与力様のところに行ってくださいと」

「与力様ってのは、どのお方で？」

「そう伝えてくれれば、お義父さまならお分かりになります。お借りした二朱は、あしたお返しします」

「へえ、そいつはよろしいですが。本当にお独りで、だいじょぶなんで？」

「わたし独りだからいいの。それでは、お頼みします」

音乃はそう言い残すと、古着屋へと入っていった。

透けている黒の紗の羽織を纏うと、見栄えにぐっと落ち着きが出る。手鏡を見ながら顔にシミを作り斑《まだら》にすると、十歳も老けたようになった。念のためと、目尻に二、三本皺を描き加えた。

音乃はその形《なり》をして、芝愛宕下《あたごした》は薬師小路にある大名屋敷に向かった。急ぎ足だったので多少の汗を掻き、衣装も乱れて、心も体も疲れきった女ができ上がった。

音乃は、ここが決戦の場と踏んでいた。

怒りは無謀を忘れさせ、無理は承知で単身乗り込む。

「ごめんください……」

大名家の門前に立つと、音乃は門番に声をかけた。空腹なので声音も弱々しく、くたびれた様子は芝居ではない。

「こちらは、満濃山藩肱川様のお屋敷でございましょうか？」

「そうだが、なんの用だ？」

居丈高なもの言いは、門番の倣《なら》いである。

「わたくし、こちらに出入りする両替商の大高屋五郎左衛門の家内でございます」

「おお、大高屋の女房か」

足繁く通っているのだろう。門番は大高屋の名を知っていた。

「それで、何用だ？」

「先だって主《あるじ》が亡くなりまして、それが普通の死に方ではなく……誰かの手により……」

「殺されたと申すのか？」

「はい。ですが、町奉行所は死因を心の臓の発作によるものとご判断なされ、一件落着なされました。そこで、町人の身でありご無礼ながらも主人が生前懇意にしていただいておりました、肱川様のご重鎮であらせらる……どちら様でしたか……」

「なんだ、女房のくせして名を知らんのか？」

「はい。主は仕事のことは滅多に口にしないものでしたから」

「ならば、勘定奉行の村井様と会って訊いてみるがよろしい。中に入れば誰かいる。その方に、村井様との目通りを頼めばよい。今、脇門を開けるからな」

「ご親切に、ありがとうございます」

「うむ、気の毒に」

案ずるより産むが易しで、すんなりと屋敷の中に入れた。

「……さてこれから」

呟いたところで、肩衣を纏った家臣らしき男を見かけ、音乃は声をかけた。

「ごめんくださいまし……」

「どうした、女。町人風情で、よく屋敷内に入れたな」

「勘定奉行の村井様にお目通りさせていただきたく、門番のお方にお頼みしたところすんなりと通してくださいました」

「村井様なら拙者の上役だが、そなたは？」

音乃はここで考えた。この家臣は万が一、五郎左衛門の女房の顔を知っているのではないかと。迂闊には、その名を語れない。

「わたくし、銀座町で金細工屋を営む金尻屋の番頭で、皐と申します」

申しわけないと思ったが、音乃は皐の名を騙ることにした。

「何、金尻屋の番頭だと。それが、何用でここにまいった？」

驚く顔は、金尻屋のことを知っているようだ。

「はい。主が先日より行方が知れず、そんな最中にカネを返せと人が押し寄せて……申しわけございません。この先は、村井様に直《じか》にお会いして、申し上げたいと」

「いや。拙者が先にうかがって、上役に伝えることにしよう」

「はい……」

音乃は懐から手巾を出すと、目尻に零《こぼ》れる涙を拭った。

「いきなり人が大勢押し寄せ、金銀や金目のものや家財道具をすべて奪っていきました」

ここからが肝心と、音乃は丹田《たんでん》に力を入れ肚《はら》を据《す》える。

「主人は行方知れずで真相は分かりませんが、こんなものを残していきました」

音乃は懐から袱紗を取り出し、開いて見せた。

「これは？」

驚いた表情を、音乃は見逃さない。

「ちょっと、こっちに来てくれ」

来客用の中玄関から通され、音乃は六畳の部屋へと入れられた。

「なぜに、それを持っている？」

「はい。主の加和太郎がいなくなる前に一度だけ、この金石は満濃山藩肱川様の国元であるお山から採掘された物と聞きました。はい、むろん口止めはされております。訊いても、それ以上のことは語ってくれませんでした。こちらさまにうかがえば、何があったか知れると思い、後先かえりみずやってきた次第です」

「ならば、深くは何も知らんというのだな？」

と言いながらも、家来の目は疑心に満ちている。

「はい。まったく……」

「ならば、なぜに勘定奉行である村井という名を知っておった？」

音乃のこめかみから流れた一筋の汗は、暑さからくるものではない。その理由《わけ》までは、音乃の頭の中になかった。

「今しがた、門番さまにお聞きしました。ならば、勘定奉行の村井様を訪ねるがよいと」

「門番が、そんなことを申したのか……ちっ、余計なことを」

舌打ちが、音乃の耳に入った。

「はい」

「分かった。村井様に伝えるから、しばらくここで待っておれ」

「お願いいたします」

なるがままよと、音乃は目を瞑《つむ》り、村井が来るのを待つ。

勘定奉行村井の御用部屋での会話は、音乃には聞こえてこない。

「村井様……」

「吉岡《よしおか》か。いいから、入れ」

音乃と話していた家臣は、吉岡と呼ばれている。そして、村井のほかにもう一人、部屋の隅に座る男がいた。

「今しがた……」

吉岡は、音乃から聞いた用件を切り出した。

「なんだと？　肱川家の名は大高屋の五郎左衛門と番頭以外は知らないはずだが」

「そのどちらかが、漏らしたのではないでしょうか」

「いや、それはあるまい。当家の名が外に漏れたら、即刻、自分たちの身が危うくなるのは、充分に承知しているはずだ。もっとも、すでに大高屋五郎左衛門の口は封じ、番頭の庄衛門はこれから封じるがの」

「でしたら、なぜに金尻屋の女番頭が……？」

「どうも、様子が変だと思わぬか」

「そういえば、門番が村井様の名を出すのはおかしいと」

「おい、吉岡。なぜに拙者の名を出したのか、門番に訊いてまいれ」

間もなくして、吉岡が血相を変えて戻ってきた。

「門番の言うことには……」

「なんだと！　大高屋の女房の名を語っただと？」

村井の、仰天の声が部屋の中に響き渡った。

「大高屋の女房の顔は、拙者も知ってますからな。それを警戒して、金尻屋の番頭と名を違えたんでしょう」

「何者なんだ、その女？」

「まったく、分かりません」

「ならば、こっちから確かめてみるとするか……ん、もしや？」

急に不安に駆られたか、村井の顔色がにわかに青ざめた。

「その女、どこにいる？」

「御広間の小部屋に、待たせております」

「よし。門番の件は伏せて、拙者も会ってみることにしよう。事と次第によっては、外に出してはならん。いや、即刻口封じをせねばならんの」

村井と吉岡は、音乃が待つ部屋へと向かった。

五

暮《くれ》六ツを報せる鐘が鳴って、半刻経つが音乃の戻りはない。

「音乃の帰りが、やけに遅いな」

霊巌島の巽家では、三人の男が膝をつき合わせて音乃の帰りを待っていた。丈一郎のほかに源三と長八である。

日本橋を渡り、通南町一丁目の辻で長八が音乃と別れて、かれこれ一刻以上が経つ。

「無謀だと思ったんですが、やはり捕まったんでやすかねえ」

舌打ちをし、心配げな長八の口調であった。

「いや、音乃に限って心配はいらん。捕らえられるのを見越して、潜入したのだろう。音乃だったら、そのくらいなことはやりかねんからな」

丈一郎の、場にいる二人を宥めるかのようなもの言いであった。

「そうだ、音乃さんが言ってやした」

「なんと？」

「今夜帰らなかったら、あすの朝一番で、与力様のところに行ってくださいと」

「音乃は、そんなことを言ってたか。よし、分かった。ならば源三……」

丈一郎は立ち上がると、隣の部屋に源三を呼んだ。長八の前では、梶村の名は出せない。

「源三、梶村様のところにひとっ走り行ってくれんか。どんなに遅くなっても、巽丈一郎がうかがうと伝えてきてくれ。これだけ証拠が上がった以上、一晩も待ちきれんからな」

「かしこまりやしたぜ」

源三は、そのまま梶村の屋敷へと向かった。

梶村の帰宅は宵五ツごろになると、家人からの返事があった。戻ったら、下男の又次郎が報せに来る段取りとなっている。それまでは動きようがなく、源三は舟玄に戻り、長八は本来の見廻りについていた。

「音乃はいったい何をしてるのだ？」

さすがに丈一郎も落ち着かず、部屋の中をグルグルと歩き回っている。

「あなた、少しは落ち着きなさって」

律が丈一郎を宥めるも、口と行いはちぐはぐとなっている。汁茶碗に飯を盛ったり、菜箸を膳に載せてきたりと、気持ちのほうは漫《そぞ》ろであった。


そんな両親の心配をよそに、音乃はこのとき肱川家上屋敷の一部屋に監禁されていた。四方が襖張りの狭い部屋で、牢格子はなく縄でもって結わかれてもいないが、見張りが厳重で抜け出すことは叶わない。

音乃が捕らえられて、この部屋に押し込まれる、その二刻ほど前――。

金尻屋の女番頭皐の名を騙り、音乃は勘定奉行の村井を待っていた。

やがて、音乃と接した吉岡を従え村井が部屋へと入ってきた。藩政では勘定奉行を司《つかさど》る重鎮である。五十を前にした皺顔が、音乃と向かい合って腰を下ろした。

「――金尻屋の番頭とか言ったそうだな？」

いきなりの問いが、村井から発せられた。苦虫《にがむし》を嚙み潰したような不快な表情に、音乃は偽りの発覚を感じ取った。だが、心は平常を保ち相手の疑心をいなすかのように笑みを浮かべている。

「はい。皐と申します」

「して、当家に何用でまいった？」

「主の加和太郎が、こちらさまにお世話になっていると」

「金尻屋の加和太郎なんて、聞いたことがないぞ。何かの間違いではないのか？」

「こちらのご家臣さまにも先ほど申し上げたとおり、一度だけ御家の名が主の口から出たことがございます。今は行方知れずの主について、何かご存じではないかと思い、うかがった次第でございます」

「残念だったな。まったく知らぬことだ」

本当に知らないかどうかは、村井の表情からは判断ができない。

「分かりました。それではご重役様は、これをご覧になったことがございますか？」

音乃は再び袱紗を取り出し、村井の前で開いて見せた。

「なんだこれは？」

と問うも、その表情は苦りきっている。問いを発する顔つきではない。

「これは金石でございます。こちらさまの物であるのに、ご存じありませんので？」

こめかみから脂汗を垂らし、あきらかに村井は動揺している。音乃はここで、勝負に出ることにした。

「金の採掘に投資を募り、御当家にはいかほどの財源が集まりましたでしょうや？」

村井の顔に、青筋が浮き出ている。

「おっ、おまえはいったい、何者だ！」

動揺が怒号となってほとばしり、村井の口から唾《つば》が飛散する。

「先ほども申したとおり、金尻屋の……」

「いや、そうではない。門番には、大高屋の女房と騙ったそうではないか。大高屋の女房は、もっと丸々と肥っている」

「ばれては仕方ございませんね」

不敵な笑みを浮かべ、開き直りとも取れる音乃のもの言いであった。

「大高屋さんとはずいぶんとお親しそうなお言葉を聞いて、これではっきりといたしました。おっと、まだお話は済んでおりませんよ」

音乃が語るそばで、吉岡が脇差《わきざし》の柄《つか》に手をかける。音乃は正座から片足を立て、吉岡の抜く構えを言葉でもって止めた。

「わたしを殺すのなら、いつだってできますでしょう。その前に、もう少し話をさせてくださいな」

「吉岡、控えよ」

村井も、配下である吉岡の短慮を押さえつけた。

「正直に申し上げます。わたくしがこちらに来たのは、すべてのからくりを暴くためです。満濃山藩肱川様の御領内の山で採掘されたとみなされるこの金石は、真っ赤な贋物と調べがついております。ご安心ください、まだそのことを触れ回ってはおりませんし、それを知っているのは、今はわたくしだけでございます。それにしても、精妙にお作りになられましたねえ。金の粒は小判を削ったものと思われますが、いかほどお使いになったのかしら？　その何千倍もの資金をお集めなられたなら、そんなものはお安いこと」

ここぞとばかり、音乃の口は止まらない。真実と虚言を交え、音乃は相手の胸懐に飛び込んでいく。

「この金石を手に入れたのは、三百両を出資した船宿の船頭熊次郎さんから」

証しはつかんでいないが、なんら悪びれるところはない。

「こちら様は、その船頭さんを殺されましたね。そう、大高屋の五郎左衛門さんとその番頭の庄衛門さんも口封じを。わたくしは、五郎左衛門さん殺しの廉《かど》で、大番屋に捕らえられている、船宿の親方の身内の者です。熊次郎さんにお金まで盗られ、そのお金はこちら様に回ってきているはずです。親方は無実の罪で、これから獄門台にあげられるかもしれない。泣き面に蜂とは、まさにこのことですわね」

一気に捲《ま》くし立て、口が疲れたか、音乃は一呼吸おいた。

そして語りを、山場へと向かわせる。

「もしやこの金山話は、幕府が……とはいっても、一部の幕閣でございましょうが、絡んでいるのではないかと。いや、むしろそのお方のご指図で、御家は動いているものと。そうでなければ、こんな大それた騙り話が今まで世間の噂にもなっていなかったのはおかしいでしょう。お大名家と幕閣が手を組んで……」

「もういい、黙れ！」

言葉を震わせながら、村井が音乃の口を止めた。

「吉岡、この女を始末しろ」

——この一言が、すべての証し。

この言葉を引き出すために、音乃は虎穴《こけつ》へと入り込んだのだ。しかしその代償は、命と引き換えになるほど大きい。

吉岡が立ち上がり、脇差を抜くと音乃の首筋に白刃をあてた。あてるだけなら皮膚は切れない。しかし、少しでも刀を動かせば、頸動脈が破れ血が噴出すことになる。

この危地を、どう打開するかは音乃の頭の中にない。あるのは、自分の心の内に宿るものを信ずるだけだ。

冷たい刃の感触に触れながらも、音乃の気持ちはぶれずにいた。

「殺されるのは、別にかまいません。ですが、わたしを殺すとなると地獄の閻魔様が許してはくれませんよ」

ここぞとばかりに燃え立つような火焔の啖呵《たんか》を、音乃が放つ。

「わたしの命と引き換えに、肱川家は木っ端《こぱ》微塵となること請け合い。お殿様は切腹では済まされません。それと、ご家来も同罪でご重鎮は全員切腹、御家は断絶に間違いございませんでしょう。それでよろしければ、刀をお引きなされたらいかがでございますか」

「なぜに、それほど強気であるか？」

「ですから、先ほども申しましたとおり、わたしの後ろには怖い閻魔様が控えておられますから。ええ、どれほど偉いお方でも、敵《かな》いませんことよ」

「吉岡、刀を納めよ」

音乃のはったりに怖気《おじけ》づいたか、村井は吉岡の脇差を鞘へと納めさせた。

「この女の始末は、ご家老と相談して決める」

かくして音乃は、別部屋へと監禁されたのである。

見張りがつこうがつくまいが、今夜一晩は肱川家の屋敷から出るつもりはなかった。長八に托《たく》した丈一郎への伝言が、梶村を通してどこまで繋がるか。これが音乃が打《ぶ》った賭けであった。

六

宵五ツが過ぎたころ、一晩を待たずに丈一郎は梶村の屋敷を訪ねていた。

すでに屋敷に戻った梶村と丈一郎が、仕事部屋でもって向かい合っている。

「梶村様から仰せつかった平野屋の一件に関わることで、かなりのことが判明してまいりました」

「さすがだな。それでは、丈一郎の知っていることをすべて話してくれ。その前に、音乃は今夜は来ないのか？」

「はい。今音乃は、ある大名家……いや、はっきりと申しましょう。四国は讃岐の満濃山藩肱川家の上屋敷に潜入していると思われます。思われるというのは、昼間に岡っ引きの長八からの伝えが来てから音沙汰がないもので。その安否は分かりませんが、かなり危険を冒しているものと」

「……満濃山藩肱川家にか」

――藩名を出しても、さして驚かんな。

梶村の様子がおかしいと思うものの、丈一郎はさらに話をつづける。

「それと、船宿の船頭熊次郎が、おそらく肱川家の家臣の手によって殺されました。口封じによるものと」

「なんだと！」

ここで初めて梶村は驚く顔を見せた。

「音乃は怒り心頭に発し、単身で肱川家上屋敷に乗り込んだものと。その音乃が長八へ托した伝言は『――今夜戻らなかったら、与力様のところに』といったものでした。未だ音乃は戻っておらず、居ても立ってもいられず夜分にうかがわせていただいた次第です」

「いや、よく来てくれた。だが、今夜これから大名屋敷に踏み込むわけにもいくまい。

気持ちは焦《あせ》るが、ここは落ち着きが肝心だ。音乃の安否は、祈るより仕方がない。ならば丈一郎、ここはじっくりと手はずを考えるとするか」

「はっ。事の発端は、船宿の亭主と女将の夫婦喧嘩から……」

事の次第を、丈一郎は四半刻ほどをかけて語った。これまで音乃と話し合ってきたことなので、おおよそのことは梶村に伝えることができた。

丈一郎の語る間、梶村はときにうなずき、ときに唸り声を発しながら聴いていた。

「ほんの触《さわ》りだけお奉行から聞いていたが、その裏づけが、これほど早く探れるとは思ってもいなかった。驚きよりも、おぬしらの迅速さに感心した。そんなのはどうでもよいが、実は前に音乃から伝えが入った。実際は、音乃というより別の者からだがな」

「どういったことで？」

「音乃が悪さをして捕まるから、大番屋では権六と同じ牢部屋に入れてくれと頼まれた。その手配だけはしてあげたがの」

やはり、大番屋入りの手回しは梶村であったかと、丈一郎は得心した。長八も言葉を濁していたのは、あからさまには口にできないことだったとも。

「どうだ、権六からは何か知れたか？」

「はい。権六は、殺された熊次郎のことを庇って黙秘をしているだけのようです」

「健気《けなげ》なものだな」

「ですが、下手人は熊次郎ではございません」

「それは分かった。だが、熊次郎のように殺されてはまずいでな、すべてが済むまで大番屋に留め置く」

「それが、肝要かと」

「これで、大まかなことが分かってきたな」

「やはり、大目付の井上様と目付の天野様は、またも幕閣の不正を……いや、滅多なことは言えませんが」

「もう、口を噤《つぐ》むこともあるまい」

「ならば、遠慮なく。この詐欺の一件には、どうやら幕府の勘定奉行が絡んでおりますような」

音乃と長八が見た、勘定奉行の屋敷に入る侍たちの様子を語った。

「またまた勘定奉行か。いつぞやも、大目付の座を狙って井上様を貶《おとし》めようとしたのがいたな。勘定奉行には、ろくなのがおらん」

梶村の憤りが口をつく。

「勘定奉行ってのは、誰だか分かるか？」

「いえ。まだ、状況だけで証しがございませんで、名だけは……」

「いいから、申せ。この期《ご》におよんで、隠しもないだろ」

「それでは、申し上げます。梶村様は久松主税様をご存じですか？」

「久松と申すのか？」

問いが、驚きの形となって出る。

「ご存じで？」

「久松ってのは、老中首座である水野様の腰巾着と聞いている」

「となりますと、影で糸を引く幕閣というのは……？」

「それこそ、滅多なことは言えんな」

これ以上先は言えんと、梶村の口が閉じた。しばし沈黙があり、話が切り替わる。

「あとは、音乃の肱川家への探りでどこまで知れるかだ」

梶村の、ため息混じりの言葉が漏れた。

「ですが、音乃は捕らわれの身と……」

「ああ。どうやって音乃を救い出すかだな。明日の朝一番で手配を回す段取りをつけるが、なんせ相手は大名家だからの。なんだかんだで踏み込むのはかなり時がかかるだろうよ。それまで、音乃が無事でいてくれたらよいのだが」

　安否が気になるところだが、ここは音乃の運に任せる以外にない。

「音乃は殺されたって、死にはしませんよ」

「なんせ、閻魔の女房だからな」

　丈一郎の冗談に梶村が返し、二人は不安を笑いでもって誤魔化した。


　話は、平野屋三千両強奪事件に触れる。

「ところで、平野屋の野盗の一件ですが」

「どこの家中の者たちか、分かったか？」

「まだ明白な証しがなく、おそらくですが……」

　丈一郎の言葉が途中で止まった。

「どうしたい？　ここだけの話だ、遠慮しなくたっていいから思ったことはなんでも話してくれ」

「それでは……伊予は宇月藩坂脇伊豆守弾正様のご家来ではなかろうかと」

「どうして、その名が？」

「平野屋が襲われたときに、賊の口から『しゃんしゃんとださんけに』と言った訛《なま》りがあったそうですね。讃岐でもそんな言葉を発するそうですが、まさか肱川家が……その坂脇家も平野屋の口利きで、三千両もの大枚を金鉱脈の採掘に注ぎ、かなりの財政不足に陥《おちい》っていたようです。平野屋とは米の買い付けで関わりがあり、金をもっていることは分かっていたようで、襲うのは易しと考えたのでしょう」

「ここもついでに踏み込ませるよう、大目付様に打診をするか。金鉱脈に闇資金を注ぎ込んだと、別件の廉《かど》でな」

「この金鉱脈の投資に騙された町人も数多くいるでしょうが、その者たちに対し、町奉行所のお咎めはどうなされますするか？」

「それは、お奉行と相談することにする。ただし、ご法度に反した事に変わりない。どんな咎めがあるものか」

「なにとぞ、町人たちには寛大なお裁きを……」

儲け話に目が眩《くら》んだ自業自得《じごうじとく》とはいえ、大金を騙し取られているのである。平野屋の悲惨な姿を目撃してきた丈一郎は、深く頭を下げて懇願をした。


時を同じくして、満濃山藩肱川家の老中の御用部屋では、四人の重鎮が膝をつき合わせて音乃の処遇を話し合っていた。

「あの女、解き放つか殺すか、どちらかに決めたほうがよろしいかと」

勘定奉行である村井の進言であった。

「口を封じるのは容易《たやす》かろうが、解き放たねば話が世間中に広まる仕掛けになってるのだろう？」

江戸家老の安岡が、苦渋を込めた表情で言った。

「まったく、とんでもないのが飛び込んできたものですな」

江戸留守居役の島田が、舌打ちしながら言った。

「それにしても、その女どこまで調べをつけているのか？」

「相当に奥深くまで、知っているのは確かでござります。大高屋五郎左衛門殺しから番頭庄衛門の失踪、そして船頭熊次郎の口封じまで知っておりました。それだけでなく、金石が贋物だとも……」

「それでは、ほとんど筒抜けではないか！」

村井の言葉に、家老安岡治衛門の怒号が飛ぶ。

「口封じが、かえってやぶ蛇になったものと。熊次郎は、余計であったかもしれません」

迂闊だったと、村井が詫びた。

「それにしても、肱川家の名がどこで漏れたのか、村井に心当たりはないのか？」

「はっ、ご家老。当家を知っているのは大高屋の主と番頭の二人だけ。口にすれば、自分たちが不利益を被《こうむ》りますので、それはないと……」

「だが、女は知っておったのであろう？」

家老の安岡が、なおも問うたところで、

「あっ、もしや……」

「心当たりがあるか？」

「先だってご家老が、番頭の庄衛門を呼びつけたとき、あとを尾《つ》けてきた者がいたのでは。そのとき、ここをつき止められたということも考えられまする」

「わしが悪いと申すか？」

「そうは申しておりませんが、大高屋五郎左衛門殺しのほとぼりが冷めぬ中、番頭を呼びつけたのは迂闊だったかもしれません。近くに見張りがいたことも考えられます」

「用心に用心を重ねていたが、最後に綻《ほころ》びを作ってしまったということか」

島田の言葉に、安岡が無念の表情を浮かべて言った。

「いや、ご家老。あきらめるのは、まだまだ早計かと」

「村井に何か策があると言うのか？」

「策ではありませんが、こちらには老中首座の水野忠成《ただあきら》様が控えていらっしゃいまする」

老中水野忠成が、将軍家斉《いえなり》から政《まつりごと》を任されることになってから、田沼意次《たぬまおきつぐ》の時代を遥かにしのぐ、賄賂《わいろ》政治が横行しているのが現状であった。

「水野様には、勘定奉行の久松様を通して、すでに三万両が渡っております。そのお力が後ろ盾にありますから、そう迂闊には踏み込めないものと」

「左様であったな、村井。少しは安心したぞ」

「賂《まいない》のない弱小藩は潰せと、当家に荒川修繕御手伝普請として、三万両の供出が課せられたときはどうなるかと思いましたが。大高屋を通して……」

老中水野忠成と、肱川家の関わりは次のような経緯があった。

藩主肱川輝盛が考案した、金鉱脈発見の投資話はまずは大高屋五郎左衛門に持ち込まれた。輝盛の国帰りが、予算不足でままならなくなったときに思いついた苦肉の策である。大高屋は話に乗って、とりあえず二千両を供出した。無事に輝盛は国帰りを果たし、それから三月後に木箱一杯の金石が届いた。五郎左衛門は金石を手にとり、有頂天になった。その後、大高屋が採掘に掛かる資金を集める元締めとなったのは、五郎左衛門の申し出からである。むろん、藩名家名は出さずを条件に。それでも金鉱脈発見の話が幕府に漏れたら、たちまちのうちに肱川家は潰される。『――ここはむしろ隠し立てをせず、魚心のある水野忠成様を後ろ盾にしたらよろしい』と、かねてから金の融通などで老中の水野とは懇意にしている五郎左衛門の取り成しがあった。さらに幕府を私物化するため、このとき水野忠成は、より大きな金を欲しがっていたところでもあり、肱川家の金鉱脈採掘の話にためらうことなく乗った。

幕府の老中首座が後ろに立てば怖いことはないと、大高屋は取引きのある平野屋と金細工の金尻屋、ほかに数店仲介の業者を募り金鉱採掘の投資話を、カネに執着の強い大名家をはじめ大身旗本などにもちかけた。さらに投資話は市中に下り、羽振りのよい大店の主などが乗じた。

「金石を見せれば、こぞって乗りおった。人間の欲というのは、限りなく深いものだの」

「殿は、そこに目をつけられたのでございまする」

家老の言葉に、留守居役が乗せた。

投資者その数ゆうに百件は越え、騙し取った金額は十万両を集めるに至った。その投資者を綴った書付け帳は、今は家老安岡の手元にある。

肱川の家名以上に、秘密にしていたことがある。

これまで、誰にも見透かされていないことを、音乃は村井に向けて口にしていた。

「あの女は、金石が贋物であることを見抜いておりました」

「そうであったな。大高屋だって幕府勘定奉行だって……いや、誰も今もってあの石が偽物だとは見抜けておらんぞ」

村井の言葉に、江戸留守居役の島田が返した。

「金毘羅山《こんぴらさん》の裏側にあたる、二度栗山《にどくりやま》で採取された粘土に小判を削ってまぶし、わが藩の特産物である木炭で焼けば、立派な見栄えの金石となりました」

「金石の作り方まで、口にせんでよろしい」

村井の言葉は、島田によってたしなめられた。

「それを、あの女は……」

「どこまで小癪《こしゃく》な女だ！」

村井の言葉を遮り、顔を真っ赤にして、家老安岡の激高が部屋の中に轟き渡った。

「殺そうぞ。いずれにしても、女を生かしておいては肱川家は破滅だ。口さえ封じておけば、あとはご老中がなんとか揉み消してくれよう。明日になって誰が来ようが、知らぬ存ぜぬでおればよい。おい佐原《さはら》、すぐさま女を始末せよ」

家老安岡の肚《はら》が決まり、今まで無言で話を聞いていた目付役である佐原十四郎《じゆうしろう》に、命《めい》が下された。

「女一人始末することなど容易きこと。さっそく討ち果たしてまいります」

「おう、すぐに行ってまいれ。そうだ、刀で斬るのではない、部屋が汚れるでな」

「お任せくだされ。首でもへし折り、遺体は増上寺《ぞうじようじ》の三島谷《みしまだに》にでも放り込んでおきます。あとは、寺が葬ってくれましょうぞ」

増上寺の北側に細い堀川がある。土地の人は、それを三島谷と呼んでいる。

七

見張り役は、四方の唐紙の外に各二人ずつ、都合八人が配置されている。みな、佐原の配下の者たちである。

音乃の殺害を命じるために、佐原自身が監禁部屋へと赴《おもむ》いた。

「これは！」

監禁部屋を見て、佐原は啞然とする。見張り役の八人が、一部屋の中にまとまって打ち据えられていたからだ。

音乃は、伊東一刀斎《いとういっとうさい》を祖とした一刀流戸塚《いっとうりゅうとつか》道場の師範代を務めたほどの腕前である。太平の世に育ったおっとり侍が、束《たば》になってかかっても敵《かな》うはずもない。八人がみな刀の棟《むね》で打たれ、気を失っている者もいれば、苦痛に呻いている者もいる。まともに立てる者は誰もいない。

殺害を察知した音乃が上屋敷からの脱出を試みたのは、四半刻ほど前であった。見張り役の一人から刀を奪い、一気に片をつけた。監禁部屋を抜け出したのはよかったが、平屋で千坪ある殿舎は広い。廊下は等間隔に燭台が灯され不自由なく歩けるものの、出口が見つからない。音乃は屋敷内を徘徊するように動き回った。最中に、火の元見廻り役に見つかりそうになるも、陰に身を隠して難を逃れた。

方向すら分からず音乃は流離《さすら》い歩くうちに、燭台が途絶えそのあたりだけが闇の空域となっている場所に入り込んだ。壁に掛かっている燭台一基を手にして、音乃は闇に足を踏み入れると、そこは重そうな板戸で閉ざされた、部屋の前であった。

「開かずの間かしら？」

その陰鬱とした雰囲気に押され、隠れるつもりで音乃はそっと板戸を開けた。中は漆黒の暗闇である。音乃が明かりを部屋に差し込んだところで、奥のほうから呻き声が聞こえてきた。燭台の灯りは、部屋の奥まで見通せる明るさをもった。どこの大名屋敷でも、不心得者を留め置く座敷牢がある。

牢格子の中で、男が一人蠢《うごめ》いている。音乃は男の顔に灯りを向けると、見覚えのある顔に愕然とした。

「……大高屋の番頭さん？」

音乃に向ける顔が、傾《かし》いでいる。

「そうだが……あんたは？　あっ、あのときの……」

顔の作りを少し変えているが、番頭は音乃を一目で認識した。

「殺されてはなかったのですね？」

「ああ。だが、明日にも手前の命はなくなることになっている」

「わたくしが助けてさし上げますから、お気を強くもってください」

「あんたがだと……それにしても、どうしてこんなところに？」

番頭庄衛門が、目を疑うように音乃を見やっている。

「それはともかく、ここの見張りは？」

「日に一度、まずい飯を差し入れに来るだけだ。ここにいると、それが朝だか夜だか分からん。今、なんどきだか分かるか？」

「宵の五ツはとうに過ぎているものと……」

「だとすると、飯が来るのは朝だな」

運んでくるのは、若侍だという。

「牢の鍵は？」

「その若侍が持っている」

牢を開けるとすればそのとき以外にないと、音乃は夜を牢部屋で過ごすことにした。

座敷牢に監禁されない理由《わけ》が、音乃には分かった。

――先客がいたからだわ。

「番頭さんに、お訊きしたいことがあるのですけど」

牢格子を挟んで、音乃と庄衛門は向き合った。

「ああ、なんなりと話してやる。知りたいって、どんなことだ？」

「金鉱脈の話から、何から何まで番頭さんの知ってることを全部です」

そして一番鶏が啼《な》くころまで、庄衛門から聞き取ることになる。

「うまい話には、人ってのはコロリと騙されるものだな」

投資者百人以上、その額十万両を集めたといった件《くだり》では、音乃も啞然として口を噤《つぐ》んだ。そこに、幕府の幕閣が絡んでいたというのは、音乃が予想をしていたところだ。

それが老中首座の水野忠成と聞いて、音乃の体は震えをもった。

「なぜに、ご主人の五郎左衛門さんは殺されたのですか?」

「すべて手前が……」

庄衛門の言葉が嗚咽《おえつ》に変わった。

「どうかなされまして?」

「主は、手前が殺したような……いや、手前が下手人なのだ」

「なんですって! いったいどういうことなのです?」

大声は出せず、音乃は驚愕の顔を格子の窓に向けた。

「霊巌島の船宿に、熊次郎という船頭がいるのだが……」

「その船頭さんは、きょう殺されました」

「なんてこった」

庄衛門の声音が、震えを帯びた。

「なぜに屋形船で、五郎左衛門さんを殺したのです? ほかにどこでも、場所があるでしょうに」

「屋形船に乗せろとの、村井様の指示で……」

「村井というのは、ここの勘定奉行ですか?」

「そうだ。そんなとき、どこで話を聞きつけたか熊次郎が三百両出資したいと、大高屋に来た。船頭風情でよく金を持っているなと思ったが、聞けば屋形船を漕げるという。これは好都合と、手前が熊次郎と段取りをつけた」

熊次郎によって、屋形船を繰り出す手はずができた。あの夜宵五ツ過ぎ、すでに船に乗り込んでいた、五郎左衛門と肱川家家臣四人を乗せ熊次郎は船を漕いで大川へと出た。

「……屋形船の障子紙に破れていた穴は、刀の鞘がつっついてできたものか」

ここまでは、音乃にも得心ができる。分からないのは、なぜに侍が乗っていたのを熊次郎は黙っていたかである。その問いを、音乃はぶつけた。

「それは、熊次郎が肱川家の名を知らなかったことと、投資の一件がお上《かみ》に漏れたらすべては水泡に帰すと言い含めておいたからだと思う。おそらく熊次郎が用意した三百両も、まともに得た金ではないだろう。これは手前の想像だが、それでも生かしておいてはまずいと、その場で逃げた熊次郎を追ったが、逃してしまう。翌日、船頭が捕らえられたと聞いて、肱川家の重鎮は戦々恐々となった。白状されたら、元も子もないからと。だが、相手は大番屋の中。実際に捕らえられたのは、船宿の主で権六という男。それが、熊次郎だと思っていたのだな」

実際の権六の黙秘は、別の意味からであった。

「ですが、熊次郎さんは殺されました」

「おそらく、人違いが露見したのだろう。そうそう、主を手にかけたのは、当家の目付役である佐原十四郎の下役たちだ。おそらく熊次郎も、その者たちの手で……」

音乃は、疑問に残ることが一つあった。

「なぜに屋形船に、親方の財布が落ちていたのでしょう？」

それが、権六捕縛の証しとなった。

「熊次郎から渡された三百両は、袱紗に包まれた額が二百九十両。財布から十両足された」

権六なら『これごと持って行け』と、足りない分を財布ごと差し出すかもしれない。熊次郎はその財布を屋形の中に落としたと、死んだ今となっては分からぬが、音乃はそう思うことにした。

「自分が、大高屋のあとを引き継ぐことを条件に、とんでもない口車に乗ってしまった」

「今さら悔いても、あとの祭りでございますわね。それで、もう一つ聞きたいことがあります」

「なんです？」

「投資者に撒《ま》かれた書状のことですが……」

「それについては、手前はなんとも。だが、家老が言ってた。これで店仕舞いだと」

「店仕舞いってですか？」

「たしかに」

――投資者に取り付け騒ぎを起こさせ、仲介人を潰すためのものか？

平野屋の惨状を見れば、そのようにも思える。すべてを闇の中に葬ろうとする、肱川家の策謀を感じ取った。

「……やることなすこと、裏目に出ていることも知らないでお馬鹿な人たち」

音乃の呟きは、庄衛門には聞こえていない。

おおよそのことは分かった。あとは、肱川家の重鎮たちの口からしゃべらせればよい。

それにしても音乃が思うのは、熊次郎のことだ。

「なぜに、権六親方をたぶらかしてまで……」

考えるに、辛さが増してくる。人の心の中にある、善と悪の正反対を音乃は見る思いであった。

殺されて、熊次郎は罪を償《つぐな》ったとしても——。

「それにしても、間尺《ましゃく》に合わない」

苦々しい思いが、音乃の脳裏をよぎった。


音乃はまどろみながら、朝の飯が差し入れられるのを待った。

外から聞こえてくる鐘の音は、昼四ツを報せるものであった。

「朝ごはん、遅いですねえ」

「死に行く者に、飯など食わさんだろう」

「でも、今までは……」

「手前を殺しては、大高屋の内部事情が聞けなかったからだ。だが、その必要はもうなくなったようだ」

庄衛門をすぐに殺さなかった理由《わけ》が、これで音乃に読めた。

そこに、ゆっくりと板戸が開いた。明かりの届かぬ陰に隠れた音乃は、若侍が入るのを待った。

「おい、末期《まつご》の飯だ」

飯に沢庵《たくあん》二切れの、粗末な膳を抱えて若侍が入ってきた。

「当家の慈悲だ。味わって、食せよ」

飯に箸をつき立てて、牢格子の中に差し入れる。音乃は、その隙を見逃さない。手には見張り役から奪った大刀が握られている。音乃は陰から飛び出すと、大刀の鐺《こじり》で、若侍の鳩尾《みぞおち》あたりを突いた。うずくまる若侍から牢屋の鍵を奪い、音乃は庄衛門を外へと出そうとする。しかし、憔悴しきっている庄衛門に立ち上がる気力も体力もない。

屋敷内は音乃の探索で慌《あわただ》しくなっている。大名屋敷は広い。隠れるところはたくさんあるので、簡単に見つけられるものではない。「まだ外には出ておらん、女を捜せ！」と、遠くから怒号も聞こえてくる。動けない庄衛門を抱えて逃げることはできない。さてどうしようかと、音乃は考え込んだ。

「……一番の良策は、お義父さまを信じて動かないこと」

必ず丈一郎たちが迎えに来ると、音乃も庄衛門と一緒に牢屋の中へと潜《もぐ》り込んだ。若侍の口から、音乃の居どころが漏れてはまずい。

「何ごともなかったように、元のところに戻って。もし、わたしがここにいることを漏らしたら、あなたに匿《かくま》われたとしゃべります。そうなると、あなたはこれ」

切腹の仕草をしながら、陰にこもる声音で因果《いんが》を含ませた。

「分かりました」

飯運び役の家臣である。八人を打ちのめした音乃の言葉を、逆らうことなく若侍は簡単に信じた。

八

若侍の言葉を、安易に信じたのは音乃であった。

しばらくして、ドタドタとした足音が廊下を伝わって聞こえてきた。あきらかに、座敷牢に向かってくるものであった。音の大きさからして、おそらく十人はいるか。狭くて暗い牢部屋では奪った刀で立ち回りも叶わず、音乃のほうから討って出ることにした。

足手まといと庄衛門を牢屋内に留め置いて、音乃は板戸を開けた。

「おい、いたぞ」

抜き身を片手に、音乃が仁王立ちしている。思ったとおり、やはり十人いる。家臣たちがそろって刀を抜いた。

「御殿を汚してはならん。中庭で始末しろ」

指図するのは、音乃も見覚えがある吉岡という家臣であった。

取り囲まれる形で、音乃は広い中庭に連れ出された。思い切り刀が振れて、音乃にとっては都合がよい。ただし、たとえ目の前の十人を討ち果たせたとしても、外郭の長屋塀には、どれほどの家臣が住んでいるのか。それらが一どきに押し寄せてきたなら、音乃とて観念せざるを得ない。しかし、何の抗《あらが》いもせず降伏するわけにはいかない。

「……あとは野となれ……真之介さま、間もなくわたくしもそちらに」

音乃は、死ぬ覚悟を決めた。たとえ屍《しかばね》となっても、肱川家には天誅《てんちゅう》が下る。それで上等と、音乃は刀の棟を返した。

「……いけない。わたしが行くのは極楽のほうだった」

この期におよんでうふふと笑う音乃の顔が、相手にとって不気味に思えたか、正面で向き合う家臣三人がそろって一歩退いた。音乃は裸足《はだし》の指先に力を込めると、まずは怯《ひる》む三人に襲い掛かった。一度も刀を合わせることなく胴、肩、腕とまずは三人を棟でもって瞬時に打ち据えた。

殺された者、騙された者たちの怨念を、剣を振るうごとに音乃は気持ちに籠めた。

返す刀の勢い、刀を横水平に振るってさらに二人の胴を、立てつづけに打ち払った。

「……それにしても、歯ごたえがなさすぎる」

太平の世に育った江戸詰め武士の軟弱さを、音乃は肌で感じた。あと五人と思いきや、いつの間にか十五人に増えている。

「女一人に、何を手間取っている」

榑縁《くれえん》に立って号令をかけるのは、目付役の佐原であった。その脇には、音乃も知る勘定奉行の村井もいる。さらに背後に控える痩せぎすで神経質そうな初老の男は、江戸家老の安岡である。

多勢に無勢であるが、もう一泡吹かせてやりたい。音乃は、軟弱な家臣たちを相手にするより、狙いを榑縁に立つ重鎮たちに定めた。

熱《いき》り立つ音乃を、止められる家臣はいない。音乃は踏み石に足をかけると、榑縁の板敷きに駆け上がった。

重鎮たちを守るように、五人の家臣が立ちはだかる。正眼《せいがん》の構えからして、音乃はいく分の手練《てだれ》を感じた。これまでのように、一刀で打ち払うには手強《てごわ》そうだ。

中ほどの一人が、正眼から上段に構えを取ると、すかさず袈裟《けさ》懸《が》けに打ち込んできた。

白刃の物打ちが音乃に襲い掛かる。

音乃は相手の攻撃を刀の腹で受けた。

ゴキッと変な音がしたと同時に、にわかに持つ手が軽くなる。見ると、中ほどで折れて、鋒《きつさき》がなくなっている。

「……安い刀はこれだから駄目」

折れた刀を庭に放り投げ、音乃はここが年貢《ねんぐ》の納め時と両手を上げ、降伏の所作を見せた。

「女を庭に引きずりおろして、直《ただ》ちに始末しろ」

家老安岡の命《めい》が下り、家臣二人が音乃の両腕を抱えた。

「自分で下りるから、汚い手であたしに触《さわ》らないで」

腕を振るって音乃は拒むと、自ら庭に下りて敷石の上に座った。

「さあ、いつでも殺《や》ってくださいな」

「河村《かわむら》、即刻女の首を撥《は》ねよ」

「はっ」

音乃と刀を合わせた家臣が、庭へと下りてきた。

よほど怒りが込み上げているか、女に対して首を撥ねるほど残虐なことはない。家老安岡の命《めい》であった。

もう、抗っても仕方ない。あとは真之介に裁きを任そうと、音乃は静かに目を閉じて居直った。

河村の太刀が天を向いた。しかし、女を斬るのにためらいがあるか、二度ほど仕切り直しをする。

「早くやらんか、河村！」

「はっ」

佐原の叱咤に、三度鋒《きっさき》が天に向いた。

すでに討ち手にためらいはない。物打ちがまさに振り下ろされようとしたその間際であった。

「待て待て待てぇー、その女御を討ってはならん。老中首座水野様からのお達しであるぞ」

陣笠に陣羽織を纏った大目付井上利泰が、直々《じきじき》に配下を引き連れ満濃山藩肱川家上屋敷に乗り込んできた。

「上意《じょうい》である、控えよ」

表書きに『下』と、一文字書かれた下文《くだしぶみ》を掲げている。

「えっ、水野様が？」

肱川家重鎮たちの驚きをよそに、井上が音乃に向けて声をかける。

「音乃、もう安心だぞ」

「大目付様……」

「危うく、幕府の威厳が損なわれるところであった。そんなわけで大目付であるわしが、直々に出向いてきたってことだ」

よく知る井上の顔をみて、音乃は力なく地面にへたり込んだ。

「誰か支えて、あの女御を立たせて差し上げろ。丁重にな」

幕閣の立場としては最大賛辞の言葉で、井上は配下に命じた。

陣羽織を着込んで大目付自らが出動することなど、滅多にない。それほど緊急と大事を要する事件であった。それにしても、大目付の出動が早すぎる。すぐには上意など下りないだろうと、音乃は不思議に思った。もっとも、来てくれなければ音乃の首は飛んでいたのだ。

「一刻も争うと、与力の梶村と丈一郎がまだ暗いうちにわしのところに訪れてきた。ああ、奉行の榊原殿を差し置いて直《じか》にだ」

「ですが、上様の下文をご用意されるのがあまりも迅速で……」

「事後承諾だ。それでも水野様は何も言わんから、音乃は心配せんでよい。あとは任せて、屋敷の外に出ていなさい」

「座敷牢に、大高屋の番頭さんが閉じ込められております」

「あい分かった」

大目付に託し、音乃はふらつきながらも自力で歩いた。

「ああ、助かった」

安堵して音乃が外に出ると、正門の前には丈一郎と源三が迎え待っていた。

「ご苦労だった、音乃」

「無事でよかった。心配しやしたぜ……」

感無量と口ごもる、丈一郎と源三の声音であった。


その日の夕、権六は放免されて舟玄へと戻ってきた。

権六とお登勢の仲は戻り、何ごともなかったように舟玄では、船頭たちの舟を漕ぐ掛け声が暗くなるまで聞こえていた。

二日経った夕刻、音乃と丈一郎は梶村の屋敷へと呼ばれた。

「大高屋の番頭庄衛門が、一言《ごん》一句漏らさず自白したぞ」

その内容は、肱川家の重鎮たちの評定所での調べと、ほとんど差異はなかった。そして、座敷牢の中で音乃が聞いたことども。

　五郎左衛門殺しに加担した罪と、金鉱脈の件を内密にしていた罪は重く、庄衛門は八丈島に終身の遠島。死罪を免れたのは、音乃の陳情があったからとされる。大高屋の私財は没収となるも、本両替商の業務は三井屋によって継続されることになった。

　投資話の仲介に携わった平野屋と金尻屋、そして数店の取次ぎ店は取り付け騒ぎによって家財は失われている。幕府は、家屋敷とその土地を没収して咎めとさせた。なお、平野屋を襲って三千両強奪した夜盗は、宇月藩坂脇家の家臣ではないことが分かった。音乃たちが手を煩《わずら》わせなくとも、大目付の一連の調べから下手人が割れた。

「同じく讃岐は内海側にある小度津《こどつ》藩《はん》は京橋淡路守高凉家《きょうばしあわじのかみたかすけけ》の家臣たちであった。三千両を投資したものの、財源が底をつき仲介にあたっていた平野屋を襲ったってわけだ。そのほかにも、四国近在の一、二万石の小藩に声をかけ、三千両単位で闇資金を募っていた。書付け帳には、十家もの大名が名を連ねていたぞ」

「なぜに、満濃山藩近在のお大名にまで声をかけたのでございましょう。偽《いつわ》りの金鉱が、ばれたらまずいのではございませんか？」

　首を傾げての、音乃の問いには、

「金毘羅山の裏側に、二度栗山ってのがあってな、そこを金山と見立てた。一か所に坑道みたいのを掘って、あえて見せて信用させたのだ。そこが詐欺師の巧妙なところだ。『――二度栗山からこんな物が採れた』と言って金石を見せれば、誰だって信用する。『――近在の貧乏藩同士、力を合わせて富を築きましょうぞ』などと言って、言葉巧みに誘った。財政に乏しくも、数倍となる大金が転がり込んでくると分かれば、大名家は無理を押してでも乗ってきたってわけだ」

肱川家の重鎮から聞き出した話は、みな北町奉行の榊原忠之から聞いたものである。

梶村は、長い話を一区切りさせた。

「江戸に住む旗本や町人たちには、坑道の写し絵と金石を見せて信用させた。欲につっ張る輩を誘い込むのは、雑作もなかったようだ。何も仕事がない小普請旗本までもが、札差から金を借りてまで闇資金に投資した。やがて話は町屋のお大尽たちにも広がり、我先にと金をつぎ込んだ。一、二年後には数倍になって戻るという話に、みな踊らされたのだな。そこに偽りという書状がいきなり届いたため、取り付け騒ぎを起こしたのは、みな町人たちであった。武家たちはそんな物に投資をしていたと明らかになったら、お家がなくなると危惧し、泣き寝入りする以外にないとどこも黙っておった」

「どちらが、そんな書状を撒いたのでございましょう？」

「それはある幕閣の策であることが分かった。腹一杯となった幕閣は、ここらで店仕舞いとして、すべてを闇に葬ろうと画策した。元締めとさせていた大高屋と、その仲介屋を共に潰せばと考えたのだな。肱川家が大元であるのを知っているのは、大高屋の主と番頭だけだ。その二人の口を封じさえすれば、幕閣と肱川家の名が出ることはないとでも思ったのだろう。どっこい、そうはうまくいかないのが世の常だ。いつもなら肱川家のほうから出向くものが、主の五郎左衛門が死んだばかりというのに、番頭の庄衛門に書付け帳を届けさせたのが間違いだったな」

「あのとき番頭を音乃が尾けなかったら、この詐欺事件は闇に隠れたままになってたかもしれないということですな」

丈一郎が、万感込める口調で言った。

「それで、肱川家の黒幕と思われる幕閣とはどちら様で？」

音乃は、知っていながらあえて問うた。だが、梶村の口からその名が出ることは、期待していない。

「すまんが、幕府の恥部をさらすことになるので、それだけは言えんし、わしにも分からん。ただ、賄賂がお好きなご老中であるのはたしからしい。別のご老中がおかしいと感じ、内定をしはじめたのがきっかけで、大目付の井上様から話がお奉行に降りてきて、音乃と丈一郎の出番になったってことだ」

「その賄賂好きのご老中様に、お咎めはないのですか？」

「その逆だ。肱川家の策謀をすべて知った上で、あえてそれに乗じて囮《おとり》探索を仕掛けたのだと言い張る。幕府の財源にしようと、欲に駆られた不埒《ふらち》な者たちから金を集めたのがどこが悪いと開き直られれば、それ以上は問いようがない。しかも、上意として肱川家に断罪を下すのは、そのご老中自らが率先して行ったという。ご老中との繋ぎ役となった勘定奉行の久松様にも、むろん咎めはない。むしろ囮探索の業績が讃えられるそうだ」

——お偉方というのは、かくして逃げるものなのか。

音乃はその巧妙さと愚劣さに、呆れる思いであった。

「金山に出資したお咎めは？」

「大名家と旗本が投資した金は返済なしの没収ということで、身の上のほうはおかまいなしとなった。これからは、どこも財源に苦しむことになろう。お家が廃絶になり、領地が天領として没収されたのは、満濃山藩肱川家だけだ。藩主肱川輝盛様には、切腹の沙汰が下った」

——甘い汁を吸っていたほうは、なんのお咎めもなしか。

それどころか、言語道断と斬り捨てる幕閣の権力に、音乃はおぞましさを感じていた。

「ところで、まだそのご老中は金石を本物と信じているのか、二度栗山を掘り起こすと言っていたらしいぞ」

お好きなようにしてくださいと、音乃は苦笑《にがわら》う。

結局幕府は、荒川御手伝普請の三万両と水野忠成に供出された三万両、それと重課税として一万両の都合七万両を、濡れ手に粟《あわ》で財源に組み入れることができた。すでに肱川家では、二度栗山の穴掘りやら何やらで、集めた資金のうち二万両を使っている。上屋敷の屋敷塀の改築普請もその財源から出ていて、残ったのは一万両だけとなった。

「残った一万両を、どうするかということになった。甘い儲け話に迂闊に乗って、カネを出したのが悪いと決めつければそれで済むのだが、それだと被害に遭った町人たちは納得せんだろう。幕府の独り占めだと、不平や反感をもつ者が出てくるだろうということで、一万両は町人たちだけに返すことにした。分配は、投資額に応じてである。町人から集めたのは百八十口で、一口三百両だから五万四千両にもなるな。一万両を百八十で割ると……」

「端数はないとして、一口あたり五十五両となります」

音乃は算術も得意である。梶村の算盤《そろばん》よりも先に答を出した。

「一口あたり五十五両も戻れば文句はなかろう。本来ならば、まったく戻りがないのが、詐欺事件の悲惨なところだからな。何ごとにも甘い言葉に引っかからないよう、用心を心がける以外にないのだ」

熊次郎の出資も認められ、権六親方のもとにも五十五両は返ることになる。それでよしとするか、夫婦喧嘩がはじまるかは、音乃には予想のつかないところだ。

音乃には、もう一つ懸念があった。金尻屋の加和太郎と、番頭の皐がその後どうなっているか知りたいところだが、今になっては捜しようがないし、そのままにしておくことにした。

それから三日後に、日本橋十軒店町《じっけんだなちょう》にある金細工を扱う金物屋で、音乃は皐らしい女が働いているのを見かけたが、声をかけることなく店の前を通り過ぎた。

時代小説
二見時代小説文庫

火焔《かえん》の啖呵《たんか》　北町《きたまち》影《かげ》同心《どうしん》 9

著者　沖田正午《おきだしょうご》

発行所　株式会社 二見書房
東京都千代田区神田三崎町二-一八-一一
電話　〇三-三五一五-二三一一［営業］
〇三-三五一五-二三一三［編集］
振替　〇〇一七〇-四-二六三九

印刷　株式会社 堀内印刷所
製本　株式会社 村上製本所

落丁・乱丁本はお取り替えいたします。
定価は、カバーに表示してあります。

ISBN978-4-576-18132-5
http://www.futami.co.jp/

沖田正午

北町影同心 シリーズ

以下続刊

① 閻魔《えんま》の女房
② 過去からの密命
③ 挑まれた戦い
④ 目《め》眩《くら》み万両
⑤ もたれ攻め
⑥ 命の代償
⑦ 影武者捜し
⑧ 天女と夜叉
⑨ 火焔の啖呵《たんか》

江戸広しといえども、これ程の女はおるまい。北町奉行が唸る「才女」旗本の娘音乃は夫も驚く、機知にも優れた剣の達人。凄腕同心の夫とともに、下手人を追うが…。

早見俊

居眠り同心 影御用

シリーズ

閑職に飛ばされた凄腕の元筆頭同心「居眠り番」蔵間源之助に舞い降りる影御用とは…!?

以下続刊

①居眠り同心影御用 源之助人助け帖
②朝顔の姫
③与力の娘
④犬侍の嫁
⑤草笛が啼《な》く
⑥同心の妹
⑦殿さまの貌《かお》
⑧信念の人
⑨惑いの剣
⑩青嵐《せいらん》を斬る
⑪風神狩り
⑫嵐の予兆
⑬七福神斬り
⑭名門斬り
⑮闇の狐狩り
⑯悪《あく》手《しゅ》斬り
⑰無法許さじ
⑱十万石を蹴る
⑲闇への誘い
⑳流麗の刺客
㉑虚構斬り
㉒春風の軍師
㉓炎《えん》剣《けん》が奔《はし》る
㉔㉕野望の埋火《うずみび》(上・下)
㉖幻の赦免船
㉗双面《ふたおもて》の旗本

二見時代小説文庫